末日時在做什麼？能不能再見一面？

7

枯野 瑛
Akira Kareno

illustration ue

Kadokawa Fantastic Novels

末日時
在做什麼?
能不能
再見一面?

contents

characters

Do you have what THE END? May I meet you once again?

葛力克・葛雷克拉可

綠鬼族(Bogre)打撈者。
隸屬第二師團的三等機甲技官。

穆罕默達利・布隆頓

單眼鬼(Cyclops)。科里拿第爾契市綜合施療院的醫師兼研究員。負責調整夢見「徵兆」的黃金妖精。

納克斯・賽爾卓

鷹翼族(Falcon)。隸屬護翼軍第五師團。
費奧多爾之友。

灰岩皮(Limeskin)

爬蟲族(Reptrace)。護翼軍一等機甲武官。

歐黛・岡達卡／歐黛・傑斯曼

艾爾畢斯國出身的墮鬼族。費奧多爾的姊姊。

瑪格莉特・麥迪西斯／「斯帕達」

戴著奉謝祭面具遮住真面目的嬌小少女。
暱稱為瑪格。歐黛稱呼其為「莉妲」。

愛洛瓦・亞菲・穆爾斯姆奧雷亞(黃金蜜酒)

黃金妖精。約莫三十年前殞命的成體妖精兵。

納莎妮亞・維爾・帕捷姆

黃金妖精。約莫三十年前殞命的成體妖精兵。

史旺・坎德爾

大賢者(Thaumaturgist)。曾以咒蹟師身分
與星神戰鬥過的成員之一。

威廉・克梅修

曾以準勇者(Quasi brave)身分與星神戰鬥過的成員之一。
史旺稱其為「黑瑪瑙劍鬼(Black Agate Swordmaster)」。

〈沉滯的第十一獸(Croyance)〉

〈十七獸〉。
遭受衝擊會進行侵蝕的黑水晶。現已覆蓋整座三十九號島，正要侵蝕三十八號島。

費奧多爾・傑斯曼

艾爾畢斯國出身的墮鬼族(Imp)。
護翼軍的前四等武官。喜歡甜甜圈。

緹亞忒・席巴・伊格納雷歐

黃金妖精(Leprechaun)。成體妖精兵。
隸屬護翼軍第五師團的上等相當兵。

菈琪旭・尼克思・瑟尼歐里斯

黃金妖精。成體妖精兵。從人格崩壞狀態奇蹟生還，與費奧多爾一同行動。

潘麗寶・諾可・卡黛娜

黃金妖精。成體妖精兵。
隸屬護翼軍第五師團的上等相當兵。

可蓉・琳・布爾加特里歐

黃金妖精。成體妖精兵。
隸屬護翼軍第五師團的上等相當兵。

娜芙德・卡羅・奧拉席翁

黃金妖精。成體妖精兵。
現為隸屬護翼軍第二師團的上等相當兵。

菈恩托露可・伊茲莉・希斯特里亞

黃金妖精。前妖精兵。
自幾年前起跟著大賢者學習。

艾瑟雅・麥傑・瓦爾卡里斯

黃金妖精。資深妖精兵。相當二等武官。

阿爾蜜塔

黃金妖精。尚未接受成體化調整處置。

優蒂亞

黃金妖精。尚未接受成體化調整處置。

莉艾兒

年幼的黃金妖精。住在妖精倉庫。

妮戈蘭・亞斯托德士

食人鬼(Troll)。奧爾蘭多貿易商會派來
擔任六十八號島妖精倉庫的管理員。

「妖怪甦醒的故事」

-through the dark nights-

自己是什麼？

心中抱著這樣的疑問。

對「那個」而言，這就是初次的理性思考。

他打算看上方，並配合這股意志，扭動脖子的肌肉。

什麼都看不見。

花了些許時間，他察覺到是因為眼瞼閉合著的緣故。他依循剛才扭動脖子的訣竅，緩緩張開覆蓋眼球的皮膚膜；眼球露出來後，名為周遭景色的資訊就映入眼簾，帶來的刺激令他有一瞬間感到困惑。他鼓動橫膈膜，將空氣吸納進來，再吐出去。

無數的小小光點。

——夜空。

他立刻得出了這個詞語。

接著，他發現自己在思考的過程中使用到語言這個工具。

他驅動肺部。配合呼吸的時機抬起上頜，收縮喉嚨，嘗試發出聲音。

「…………！」

喉嚨一帶的細微操作失敗了。「那個」猛烈地嗆咳起來。

自己究竟是什麼？

在身體感到痛苦，無法動彈自如時，意識逼近這個疑問的本質。

他想不起關於自身的事。

或者說，他欠缺了包含自身記憶在內的許多事物。

他開始回想。

自己是在一片黑暗之中醒來的。自我徹底融解在不知是夢境或虛無中，他不確定那種狀態是否可以稱為甦醒，但總而言之，比起完全的虛無，他的狀態更接近覺醒一點。「那個」的記憶就是從這裡開始的。

然後……他感覺到那裡是很狹窄的地方。

也感覺到那樣的狹窄令自己很不舒服。

因為不舒服，他好像動了動肉體，而且好像在那段過程中破壞了什麼東西。他聽到某種劇烈的聲響，恐怕也有受到攻擊。由於這種種的一切都和封閉的環境同樣令他不舒服，於是他移動手腳離開了那個地方。大概是這樣吧。

在自我尚不明確的期間，自身行動猶如隔著濃霧所看到的他人之事。能夠清晰想起的事情實在少之又少。

不對。霧根本還沒消散。理應身在此處的自己，感覺起來確實就像是陌生人。這一點至今依然未變。

夜空萬里無雲，應該足以用美麗來形容；風吹拂而過，為肌膚帶來些許涼意，應該可以體會到爽快感。相較於先前的狹窄黑暗空間，這個地方應該舒適多了。儘管如此，這一切卻都彷彿遠在他方，好比畫中的世界。

沒錯。簡直就像是自己本來就不該存在於這裡似的。

說到底，光是這副肉體就很不對勁了。每一個動作都令他煩躁難耐，感覺自己像是在用長短不一的吊線操縱傀儡。

「…………」

他想喊出些什麼。

興起向世界控訴的念頭後，「那個」抬起了上頜。他記取剛才的失敗，謹慎地計算呼吸的時機，慢慢聚力於喉嚨。

「呀啊啊啊啊啊！」

他嚇了一跳，再次猛烈地嗆咳起來。

發出叫聲的不是他自己，那是從稍遠處傳來的宏亮聲響。

那個聲響——沒錯，是生物的聲音；驚愕與恐懼的尖叫聲；在目擊到難以置信的事物之際，反射性從喉嚨迸出來的聲音。他千辛萬苦嘗試做的事，被某個陌生對象捷足先登。心中萌生些微嫉妒感，他扭動脖子。角度光是如此還不夠，於是他也轉動腰部。視野旋轉了一下，星空往左邊流去，而右邊飛來新的景象。

「妖……妖……妖怪啊啊啊！」

某個纖細的東西站在那裡，寬鬆布料包覆住大部分的身體。那是……沒錯，是穿著衣服的人形生物。肌膚白皙，毛髮也是白色的，而那雙寄宿著奇異光芒的銀眸正筆直地盯著自己看——

他察覺情勢不妙。

可能是剛才的尖叫聲引來了注意，許多不同的聲響紛紛往這裡靠近。

雖然還隔著一段距離，但數量極多。而且那些聲響明確帶有針對自己的敵意與警戒。

繼續留在這裡，又會置身在激烈的聲響之中，恐怕也會遭到攻擊。目前這個本來就稱不上舒適的情況，想必會因此變得更令人不快。

他蹲低姿勢，用雙手碰觸地面。

他還沒想起正確使用四肢移動的方法，如今也沒有時間去回想。所以他只專注在將身體往前遷移這件事上。以這副肉體的手腳等一切附屬部位為工具，藉此達成這個目的。

風往背後流動而去，大肆玩弄著頭髮。

充滿敵意的聲響試圖追上他。但是彼此之間的速度似乎存在著巨大的落差。距離逐漸拉開。只要持續領先在前，應該就能擺脫掉對方。

他再次抬起上頷。

聚力於喉嚨，然後……

「————！」

一邊對著世界發出名為咆哮的怒火。

黑色的「那個」獨自奔馳在黑夜之中。

能不能再見一面？

「翠綠英雄譚」
-braves'story-

1. 最前線

一名少女走下舞臺。

一名少年離開舞臺。

儘管如此，布幕卻未降下。時間不會因為迎來結局這點小事就停下。以往是如此，今後也是如此。太陽會升起，落下，再升起。活在這個世界的所有生物依然要繼續過生活。

因此，接下來要展開的……

——即是餘留者的故事。

†

沒有干戈聲，也沒有砲火轟鳴。

然而，那場戰役確實已經開打了。

†

實際上，穿起來的感覺比預期的舒服很多。

原以為大概就類似便宜的木鞋那樣，只是從石塊上切下來而已，但大錯特錯。部件由幾塊石片削成，再用皮革和黏膠組合起來做成鞋底；腳尖和腳後跟則是用連顏色都不同的其他石片包覆起來——這部分的構造近似於軍用脛甲。不過，除此之外卻有個致命性的缺陷，那就是本來為了防範突刺和槍擊，關節等部位應該要特別加厚裝甲，現在反而讓厚皮牛革裸露在外。

在面對長槍或子彈之際無法法保護身體，也不適合爬山或逛街，當然更不能穿去參加優雅的茶會。這是匠人注滿技術與創意精髓的特化裝備，專門用來對付一場戰役上的一名敵人。

正式名稱似乎有聽過，但她忘了。潘麗寶・諾可・卡黛娜——置身三十八號懸浮島戰場的成體妖精兵少女只管把這件裝備稱為「石鞋」。

鏘隆、鏘隆，腳後跟踩出獨特的腳步聲。

她走了幾步後，停下來環視周遭，但看不出有什麼異狀。

「唔嗯，看來是成功了吧。」

低聲說完，她當場嘗試跳了幾下，響起嘎嘰嘎嘰的刺耳聲。地面堅硬，鞋底同樣堅硬，雖然滑了一下差點失去平衡，但她擺動雙手，重新站穩身子。

「感覺沒問題喔，可蓉。」

「唔……唔嗯。」

另一名妖精兵帶著戰戰兢兢的心情從天而降。

那是可蓉．琳．布爾加特里歐，但裝扮和平常不太一樣。櫻色長髮像編紮起來似的收攏成一小束，從領口塞進衣服內側。筆挺整齊的軍服上還套著看似笨重的石製裝甲，將手肘和膝蓋包覆起來。

那雙與潘麗寶相同的石鞋碰觸**地面**的同時，她背上的閃耀幻翼也宛如碎裂一般消失不見。

「……哦……噢噢！」

她原本膽怯的表情慢慢轉為驚愕，然後染上喜色。

「別太激動啊，萬一跌倒就完蛋了。」

「嗯嗯，對，我知道，我知道啦。」

可蓉應該真的明白吧。雖然她是個直腸子，武斷又衝動，但也有穩重的一面。這次的作戰概要、伴隨的風險以及該達成的任務，照理說她都有聽進去才對。

「唔……」

不過，明白歸明白。

她想要盡情奔跑的渴望都寫在了臉上。

（我很懂她的心情就是了。）

儘管友人活像是隻被主人命令不准動的狗，潘麗寶還是逕自將視線移往遠方——能夠一覽這片**大地**的方向。

映入眼簾的盡是黑色。

那是一幅彷彿雕塑成形的壯闊景象。有著茂密森林形狀的黑色；再過去的那端則是有著各種建築物形狀的黑色，其中配置著模仿竄逃獸人形狀的黑色。

所有的黑色都反射著陽光，散發出刺眼的強烈輝芒。

「總之，我們尚且平安，代表作戰的第一階段成功了。」

「嗯。」

抬起頭，就會發現有一艘小型飛空艇停在稍遠的天上。應該有好幾名技官在那裡一手拿著望遠鏡，以觀測員的身分監視她們的一舉一動。她們兩人此刻在這個地方做出的一切行動，都會被記錄為護翼軍的重大作戰成果。

潘麗寶用力揮揮手報平安後，對方便閃爍聯絡燈來回應。

「盡快完成第二階段到第五階段吧，不然待太久，我也沒把握能控制住自己。」

雙手戴著附有薄石片的手套。她想辦法操縱難以活動的手指，將石槌從皮帶上解下。

那個災害名為〈沉滯的第十一獸(Croyance)〉。

是距今五百年前降臨的滅世災厄〈十七獸〉的第十一種。

它以黑水晶般的樣貌存在於世，沒有手腳等組織器官，從未自行四處移動。然而，它會侵蝕一切接觸到的東西，讓對象與自己同化，成為〈沉滯的第十一獸〉的一部分。

侵蝕速度本身沒有多快。但是，侵蝕一旦開始，便無法可阻——至少目前還沒找到方法。不管用劍砍擊還是開槍，都沒辦法將其粉碎。不僅如此，造成的衝擊還會加劇侵蝕，只會讓〈獸〉在吸收劍和子彈後，又再大上一圈而已。

稱得上對策的只有一個。由於〈獸〉完全無法靠自己移動，只要不接近，就不會遭到吸收。懸浮大陸群(Regulu Ere)位於滅絕的地表世界的遙遠上空，躲在這裡就萬無一失。

理論上是如此。

（——有一群人特地把〈獸〉從地表運到天上。）

潘麗寶眯起眼睛，一邊忙碌地動著雙手，一邊回顧歷史。

（那頭〈獸〉在這座三十九號懸浮島獲得解放。不接近是唯一解的對手，接觸到了綠意盎然的懸浮島。人民、街景、草木以及其他生長在懸浮島上的一切事物，都被這種黑色給吞噬殆盡——）

〈獸〉沒有橫越天際的方法。〈沉滯的第十一獸〉與三十九號懸浮島的地面盡數融合後，便沒辦法再成長下去。自此以來，三十九號懸浮島就保持被〈獸〉包覆起來的狀態，持續在天上飄浮。

不對，是飄浮了一陣子。

天空確實廣闊，卻也不是無垠。儘管次數並不頻繁，但懸浮島之間也是會有接觸到彼此的時候，實際上，預測三十八號最靠近三十九號懸浮島的那一天，早就迫於眼前了。

（距離已經近到飛空艇可以從三十八號懸浮島的港灣區塊一日來回。不過，也因為距離夠近，研究作戰才得以迅速進展。這件事實在很令人著急啊。）

潘麗寶一邊想著，一邊站起身。

「——就這樣嗎？」

「嗯。」

可蓉輕輕點頭後，也跟著站起身。

儘管〈沉滯的第十一獸〉會侵蝕接觸到的一切事物，但也有幾個例外。其中一個就是沙子；同樣地，將沙子凝固起來所做成的石頭和玻璃也不受侵蝕影響。因此，她們兩人現在才會身穿用地表石頭削製而成的裝備。

這件裝備似乎確實發揮出了期待中的效果。即使她們兩人像這樣站在〈獸〉上面，但截至目前都沒有引發侵蝕現象。

話雖如此，這個狀況當然算不上安全。只要跌個一跤，肉身接觸到〈獸〉，那就完全沒戲唱了。必須謹慎地進行作業。

「比想像中還脆弱耶。」

「對啊。」

吸收接觸到的東西，將衝擊轉換為侵蝕的速度。因此，任何物理性衝擊都不會對〈沉滯的第十一獸〉造成影響——這是當前的看法。

然而，在沒有物體可侵蝕的情況下，就無處消化衝擊；若是無處消化衝擊，它就只是黑紫色水晶塊，既不會逃，也不會肆虐。

「用石槌就可以輕鬆敲碎，碎掉後就能丟到地表上。這就是那個吧，我開始覺得不管怎樣都能克服難關了。」

「嗯……雖然有一～點點辛苦就是了。」

可蓉難得用近乎諷刺的措詞這麼說。她們一起環視周遭一圈，只見黑紫色占滿了整片視野。要用石槌一點一滴埋頭苦幹的話，實在太廣大了。更何況所剩時間很有限。

「不過，也用不著徹底清光這座島上的〈第十一獸〉吧。三十八號和三十九號這次的接觸面積範圍有限吧。這樣的話，先敲掉這塊範圍，熬過當前的危機如何？」

「艾瑟雅昨天也說了一樣的話。」

「是喔？」

「她垂著頭說，這很不切實際。」

「……是喔。」

不過，這麼說也沒錯。耗時千年的事業與耗時百年的事業，雖然兩者光從數字看起來是有差距的，但眼下同樣都是不可能辦到的事情。

因此——沒錯，護翼軍在這場戰役中是居於壓倒性的劣勢。

必須收集更多〈獸〉的相關情資，建立對抗手段並加以實行。而且還得在有限的時間內完成。

「追根究柢，果然是武器不夠力啊。雖然岩石獲取容易，加工也簡單，但韌性不足是很可惜的一點。太快損壞的武器不適合用來進行大規模的破壞——」

「所以我們才要收集情資來解決問題。」

可蓉說著，搖了搖手中的小瓶子——〈獸〉的碎片在透明的玻璃內側發出「叮鈴鈴」的突兀聲響。她們用同樣的小瓶子在〈沉滯的第十一獸〉的各處採集，準備帶回去給技官當作伴手禮。但願能成為攻略的線索。

「這樣就可以啦。回去嘍，潘麗寶。」

語畢，可蓉催發魔力，讓幻翼(Venenum)出現，大大地敞開來。

潘麗寶也照做。意識著全身的血流，想像催發起來的魔力重合在血流上。高昂感與嘔吐感同時湧上來，換句話說，這就是平常操縱魔力時的感覺。

（——不管怎樣，我還是很不擅長做這種事啊。）

坦白說，妖精兵潘麗寶．諾可．卡黛娜很不擅長操縱魔力。雖然她能夠催發出還算強大的力量，但無法控制自如。

巧妙地遊走於生死之間，就是操縱魔力時的訣竅。

藉由接近死者而產生魔力，再以肉體及意志的求生力量來抑制住。大概就是所謂的生命力吧。生命力太強的人，本來就沒辦法催發魔力；反過來說，生命力太弱的人，會沒辦法壓抑催發的魔力，導致自己的生命燃燒殆盡。

在潘麗寶的自我分析中，比較接近後者。肉體瀕臨死亡之際，她無法堅定求生意志。

（不過——這是因為「死亡」這個詞太不明確的緣故吧。）

對黃金妖精（Leprechaun）而言，這件事本來就沒有什麼好稀奇的。

肉體機能停止、失去所有知覺、與他人斷絕交情、讓親朋好友感到悲傷——諸如此類的悲觀確信。「死亡」這個單純的名詞，概括了太多不同意義上的喪失。然而，對於擁有正統生命的大多數人而言，沒必要細分這麼多，因為全都是相似的概念。

黃金妖精是死靈，而死靈的確不害怕失去自身性命。但是，如果發現連自身以外的事物也會一併消失，就要另當別論了。再也見不到其他人，其他人永遠見不到自己，一旦察覺到死亡具有這樣的一面，即使是妖精也會希望自己能繼續活下去。緹亞忒就是很好的例子。在內心勾勒出理想中的自己，嚮往著未來的她，比其他妖精都還要擅長控制魔力。

潘麗寶．諾可．卡黛娜則不然。

內心深處的空虛不允許那樣的強大性。無論何時，死亡與虛無都在向潘麗寶招手，甜蜜又強勢地誘惑著她。而這意味著控制魔力的困難，以及失控的危險如影隨形。

「——連我都覺得自己是個麻煩的傢伙啊。」

她一邊喃喃說著，一邊花時間讓幻翼穩定下來。

為了跳躍，她彎曲膝蓋——準備蹬地而起的前一刻，她停下了動作。

「潘麗寶，怎麼了？」

她忽然冒出一個既不合常理又危險的想法，那就是違抗命令。

她恢復姿勢，環顧四周，然後發現旁邊有個大小適中的突出水晶塊。

「潘麗寶？」

「我有個想嘗試看看的惡作劇。可蓉，我先向妳道歉，對不起把妳扯進來了。」

「……喂？」

潘麗寶就這樣放不安的友人獨留空中，逕自走到那塊痛苦掙扎的獸人形黑色——或者說就是痛苦掙扎的獸人身邊。石鞋的鞋底發出「鏘隆、鏘隆」的不穩定聲響。

她脫下左手的手套，接著——

「嘿。」

她碰觸了那個會把一切接觸到的事物都侵蝕同化的夢魘般黑色。

沒有疼痛。

只不過，有一股惡寒竄過背脊。

她直覺地體認到，自己現在把身體送到了絕對捕食者的獠牙下。

而且也知道自己的嘴角勾起了一抹笑意。

「潘麗寶妳這傢伙——到底在幹麼啊——？」

不知為何，可蓉的尖叫聲聽起來格外遙遠。

†

潘麗寶・諾可・卡黛娜明白空虛的滋味。

無論何時，空虛都晦暗地盤踞在內心深處。

不過，這麼說也並非誇大其實。潘麗寶是極其平凡的標準妖精。而且這也代表她是非常標準的死靈。

不少妖精都從作為自身材料的幼童靈魂中，以稍微扭曲的形式繼承了他們的情緒。在這段過程中，一定會有遺漏的部分。舉例來說，身為妖精學姊之一的奈芙蓮・盧可・印薩尼亞，便始終懷抱著「世界很快就會消失」的迷信。潘麗寶同樣帶著前世的遺留物而誕生於世。

而那個，恐怕是臨死前的空虛。當恐懼、目的、愛憎和理念等一切都失去意義，化為烏有的那一瞬間所抱持的心境。

找不到任何事物的價值，無法相信自己的未來，所以不曾有過算得上欲望的欲望。用餐時會覺得很美味，但從來沒有主動想去吃美味的食物；受傷時會感到疼痛，但從來沒有想過要避開疼痛。潘麗寶確實活著，但也只是活著而已，和死人幾乎沒有區別。

至少，在她的孩提時代是如此。

年幼時，她其實不覺得這樣有什麼大不了的。她認為包含自己在內的所有妖精都只是朦朧地存在著，然後朦朧地逐漸消失。但後來，她開始發覺有哪裡不太一樣。

四名年紀相仿的妖精相互嘻笑、玩耍、哭泣、打鬧、聊夢想。然後，她們拉起在房間角落抱膝的潘麗寶的手，要她加入她們的歡笑之中。

她連不耐煩的感覺都沒有。空虛就是如此，她甚至也沒有亟欲獨處的衝動。她就這樣被拉進她們的圈子裡。聽憑她們的要求，觀察其他妖精的表情，試圖模仿那樣的情感。

結果不知該說是大成功，還是空前絕後的大失敗。

直截了當地說出結論，潘麗寶得到了幸福。雖然獨處時不懂得笑的方式，但和朋友共處時，就能笑得很漂亮。跑步、打滾還有到廚房偷吃麵包的方法，她也都是和朋友一起開發學習的。如此度過的日子確實令她感到很充實。

或許和世界上的哲學家和宗教家的說法有些許出入，但至少從當事人的角度來看，握在自己手中的無庸置疑就是幸福。

對她而言，那段時光正是所謂的幸福。

說得更精準一點，對她而言，只有那段時光才是幸福的。

訓練途中發生意外，一個朋友死掉了。

感情融洽的五人組變成四人組。

潘麗寶當時並沒有特別多的感觸。她只當作是年幼妖精的常見遭遇，對於自己失去了一部分的日常感到有一點不滿而已。

後來，經過一段時間她才察覺到，幸福早已掌握在自己手中，卻又隨著時間一點一滴地流逝。回首過去，自己至今以來所失去的事物，看起來恍如一步步延續的腳印般耀眼。

她不會難過，也不會悲嘆如今的自己有多不幸。所謂的失去，即代表在失去之前，都確實地掌握在自己手裡。這個事實才是最重要的。然後，要以這個事實為依據，想像今後的未來。

這雙手中的一切，遲早有一天會消失。

這顆心，遲早有一天會回歸虛無之中。

因此——潘麗寶．諾可．卡黛娜心想。無論何時結束，無論以何種形式結束，都沒有太大的區別。最重要的是結束之前所度過的時光以及走過的旅程；在自己手上還殘留著光輝的時候，能夠揮灑多少生命。

所以，潘麗寶才會站在這裡。

為了在末日迫近的戰場，不留一絲悔恨地走完最後的時間。

為了在心滿意足地迎接死亡之際，回顧人生後，能夠確定自己綜觀來說是幸福的。

†

那麼，說回潘麗寶剛才自作主張接觸〈獸〉一事。

想當然的，她挨了一頓痛罵。

她在總團長室聽了一長串的說教。

從黎明時分開始，直到中午才結束。

「世界還搖搖晃晃的……」

然後，到了醫務室。

「事情就是這麼嚴重啦。我還以為心臟要停了耶。」

可蓉繃著臉，搖了搖頭。

「在重大作戰中違抗命令，通常是要直接關禁閉的。而且艾瑟雅還哭著說，要是我們亂來，她就得負起全部的監督責任。」

「嗯。看來給學姊添麻煩了呢。」

「妳一點也沒有要反省的意思嘛！」

可蓉一邊埋怨個不停——一邊解開潘麗寶的繃帶。指尖露出來後，她把左手無名指拉到眼前觀察。

血止住了。一塊皮，還有一塊比皮再厚一倍的肉被切掉了。雖然是小到不行的傷口，但這個損傷所具備的意義絕對不小。

「妳用這隻手指碰到了〈第十一獸〉，對吧？」

「對啊。」

潘麗寶也覺得自己做了一件不得了的大事。

從結論來說，潘麗寶平安生還了。

因為之前發生過蘋果那件事——藉著魔力的失控，消滅了在城中獲得解放的〈第十一獸〉——她便由此推測出「以魔力進行攻擊可能是有效的」。然而，那件事只是從費奧多爾那邊聽來的片段轉述（畢竟現場統統被炸飛了），沒有重新經過求證。

讓魔力失控本來就是一張極度不穩定的底牌，不能納入正式戰略的選項。她們該知道的是遺跡兵器(Dagr Weapon)對那個〈獸〉是否有效。更進一步來說，就是遺跡兵器的劍刃砍下去後，是否會遭到〈第十一獸〉吞噬。

因此，潘麗寶在提前催發魔力的狀態下，主動觸碰了〈第十一獸〉。然後她得到了一個結論，那就是強大的魔力似乎能起到防禦〈第十一獸〉侵蝕的作用。

「我一開始就幾乎拚盡全力來催發魔力。碰到〈獸〉的時候，我沒有遭到侵蝕。不僅如此，我只是按住而已，就把它融掉了一點點。」

「……既然這樣，為什麼要切掉手指肉？」

「因為我抑制住魔力，讓一塊皮被侵蝕掉了。」

「妳幹麼這麼做！」

「必須先確認沒有魔力時的一般反應，才能弄清楚沒有受到侵蝕是否真的是拜魔力所賜啊，對吧？實驗的基本可是比較和驗證喔。」

「潘麗——我說——我說——妳啊——」

可蓉有如小狗似的低吼著。她很生氣。

「——幸好妳沒事。可是，那是結果，只是結果而已。妳不准再做了。」

「哦……我不能答應妳耶。既然判斷這麼做是有意義的，我就會不斷嘗試喔。」

「潘麗寶！給我正經一點——」

可蓉一副怒氣衝天的模樣，而潘麗寶則舉起右手打斷她的話。

「我很正經啊，可蓉。老實說，我自己也很驚訝，但我現在非常正經。」

「……潘麗寶？」

「風險確實很大。但是，這件事本來就該有人去做，也值得省下一道又一道批准的程序，盡快去嘗試。而在這裡的現役妖精兵只有我和妳兩人，所以……」

她毫不猶豫地指向自己。

「去的人就是我了。」

「潘麗寶妳……該不會想要像緹亞忒之前一樣……」

「不，我的理由可沒有她那麼高尚啊。我又沒有對誰的死懷抱著嚮往，說到底，我也沒有那種明確到作夢都會夢到的未來願景。」

她聳了聳肩。

「只不過，我並不像妳那樣對明天滿懷熱情。要說誰才是該在今天燃燒殆盡的那一個，當然是我吧。」

「……真是搞不懂妳。」

「這樣就好。妳保持這樣就可以了。」

她覺得自己講得很溫柔。不過，可能聽起來也很無情吧。可蓉顯然內心受到傷害，沉默了下來。

語言這種東西實在很複雜。

雖然這是她平常就在哀嘆的事情，但她此刻再次有所領會。無法傳達出自己想說的意思，謊言容易趁虛而入，表達方式上哪怕只是弄錯一處，就會產生無限的誤會。相較於語言，揮劍能夠直接傳達的東西遠要來得更多。

儘管如此，她現在該使用的還是語言吧。

「可蓉，妳——」

所以，她開口了。

然而，她一時之間想不到該說什麼才好。於是，她就這樣張著嘴巴，靜默幾秒鐘。接著——

一道敲擊金屬的巨響傳來，十分刺耳。

隸屬這個基地的每個人都非常清楚，那是緊急聯絡鐘的聲音。

†

據說第一兵器庫遭到歹徒入侵。

那傢伙竭盡全力闖進兵器庫的地下，搶了什麼逃走了。

「……嗯？」

第一兵器庫的地下。這麼說來，是零號機密倉庫。

那裡通稱醃漬桶，是機密倉庫中的機密倉庫。收納其中的東西具有極高的重要性，警備密度也按此標準安排。雖然那地方本身也算是一個機密，但由於顯而易見地布置了特殊警戒，完全隱瞞不了這一點，幾乎已經是公開的祕密。

不只第一兵器庫，周圍道路也全部封鎖起來。畢竟事關那個醃漬桶，大概連可以用肉眼確認到的情報都不能外洩吧。區區一名士兵的身分，光憑好奇這個理由是無法接近的。

「如果消息是真的，那傢伙根本強得不得了啊。」

臉頰有一條大傷疤的狼頭巨漢——波翠克上等兵有點開心地讚嘆著。

潘麗寶從他旁邊探出頭來。

「嗯？難道是假的嗎？」

她這麼問道。巨漢措手不及，有一瞬間露出驚嚇的表情。

「沒有啦。就像妳看到的，現場已經封鎖起來了，沒辦法確認真假。更何況，現在有好幾個相互矛盾的消息傳得滿天飛。」

「哦？比如說呢？」

「唔，聽說歹徒並不是闖入地下，而是突然從地下現身開始作亂……之類的。而且這好像還是現場警備人員的主張。」

「哦哦哦～」

她誇張地連連點頭。

「當然啦，他們也有可能只是在掩飾遭到入侵的疏失罷了。」

「我覺得未必。既然這樣，應該有更好一點的辯解方式吧。所有人口徑一致地講這種拙劣的藉口，有夠弔詭的。」

「這……確實如此。」

波翠克苦惱地沉吟了一下，很快又道：

「哎呀，算了。我這顆腦袋不適合思考這種問題啦。」

「我想也是。」

潘麗寶露出壞笑。

她和波翠克上等兵在訓練中比劍過招非常多次。比起語言，劍更能夠清楚有力地道出此人的內在。所以，她知道他是個秉性勇敢、耿直、單純又乾脆的人。

「哈哈，原來被看穿啦。我都感到不好意思了。」

波翠克爽快地笑了。

——耳邊傳來黑甲徵族（Scasaranthropos）三等武官在稍遠處扯嗓大喊的聲音。聽起來是歹徒往市區方向逃亡了。由於要編制追緝部隊，各士兵必須向各自的上司尋求指示。

上司。

本來應該是潘麗寶上司的費奧多爾・傑斯曼現在不在這裡。順便一提，即使他在，軍籍也老早就被開除了。再者，她們不是正規上等兵，只不過是相當於上等兵的立場而已，沒辦法輕易移動到其他人麾下。

指揮系統目前暫時交由艾瑟雅・麥傑・瓦爾卡里斯來負責。她是潘麗寶等人的前妖精兵學姊，現在（不知何故）被賦予相當二等武官的權限。當然，這只是名義而已，實際上她幾乎沒有下達過指示或命令。不過，眼下還是應該去向她請示比較妥當。

「哦。」

當潘麗寶正在思考這種事情時，就發現了當事人的身影。

艾瑟雅·麥傑·瓦爾卡里斯坐著輪椅，從被封鎖的第一兵器庫往這邊過來。

同行者有兩人。分別是某某（忘記名字了）蛇尾族（Ophidianthropos）四等武官，以及……前陣子來這座懸浮島找艾瑟雅的訪客。那位客人看起來很憔悴，搭著武官的肩膀，勉勉強強地踩著踉蹌的步伐前進。

「————所以，確定那頭怪物是『黑瑪瑙（Black Agate）』吧？用四肢爬行？」

隨著距離接近，艾瑟雅的這句話便傳入耳中。

只見客人無力地點點頭。

「呵……呵呵呵呵……」

艾瑟雅俯首，用陰沉的表情笑了笑。

「啊！真是的！這是怎樣啊！」

接著，她情緒爆發了。

「我的腦容量已經不堪負荷了啦！愛洛瓦、菈恩還有那個混帳，一個個都把我當成什麼啦？只會給我找一大堆麻煩！就不能偶爾讓我沉浸在感傷的回憶裡嗎！為什麼那個人偏偏要選在這個時間點，特地用既滑稽又嚇人的方式登場啊！」

「哦哦。」

真是難得一見的場面。潘麗寶睜大了雙眼。

對潘麗寶來說，艾瑟雅．麥傑．瓦爾卡里斯是個難以理解的對象。她即使拿出認真的態度，也不會說出真心話，並且情感和表情不一致。潘麗寶沒有和她認真比過劍，但她既然已經無法行走了，想必往後也不會有機會。

但是——她剛才的吶喊應該是發自內心最真實的喪氣話。

「夜晚的問候我就省略了，問一下喔，艾瑟雅學姊。」

等他們一行人從封鎖區域走出來後，她就奔了過去。在場的視線都集中到她身上。

「學姊剛才提到『那個人』，難道是對入侵者的身分有頭緒嗎？」

艾瑟雅只思忖一下。

「才沒有什麼頭緒哩！怎麼可能有啊！」

她極其罕見地扯開嗓子，這麼吼道。

「呃，那個，就算我要追捕那個可疑人物，也必須先請學姊下指示才行啊。」

「啊？哦……哦，也對。」

艾瑟雅似乎恢復了一點冷靜，她將手放在額頭上，搖了搖頭。

「話說我知道嘍，潘麗寶。聽說妳公然違抗命令，偏要直接碰觸〈獸〉是吧？」

她發出彷彿會從地面傳來迴響的沉重嗓音。

「哦……哦哦，確實呃……有這麼一回事。可是，現在重點是可疑人物——」

「禁足三天。」

「啊？」

伴隨一聲特大的嘆息，艾瑟雅如此宣告。

「可蓉也有連帶責任。妳們兩個這幾天就專心照顧莉艾兒吧。」

「呃，但是，現在……」

「這是正式命令喔，不得頂嘴。」

「……學……姊？」

艾瑟雅看起來很不對勁。潘麗寶探頭看她的臉龐，似乎想確認這一點。

「拜託了——暫時待在我看得到的地方吧。」

艾瑟雅臉上沒有笑容。

先前展露出來的表情、釋放出來的情感不知藏到哪兒去了。現在只能從那張表情上，看出沉重且堅定的決心。

因此。

「我……明白了。」

潘麗寶唯有順從地點點頭。

2. 太陽於古都升起

那麼，稍微談談科里拿第爾契市那天之後的情形吧。

為此，首先必須確認幾項前提。

前提一。

這世界存在著報紙。

說得直接一點，就是紙。不過，那當然不單純是紙而已。懸浮大陸群的各種情報都會利用最新技術印刷出來。

從一般市民的角度來看，這是最便利的資訊來源。只要支付幾枚帛玳硬幣，坐在家裡也能獲得廣大懸浮大陸群的資訊。人們可以在六十六號島的鄉村一邊隨著搖椅晃動，一邊追蹤二十三號島的地瓜行情；也可以在四十九號島的咖啡廳一邊享受午後的咖啡，一邊觀察三十一號島的選舉動向。

因此，想當然的，那天在十一號島上發生的事件，大量的相關消息已經乘著無數的紙張和墨水飛越了天際。

前提二。

護翼軍在市區進行作戰時，絕大多數的情況下，這種情報都會列為報導管制的對象。像是與誰戰鬥、如何戰鬥等等，事件的概要一律禁止外傳。

當然，現場目擊者所傳出去的流言是阻止不了的——然而，可以故意放出相似的流言加以擾亂，做到實質上的無害化處理。長久以來，護翼軍的機密就是如此守住的。

因此，懸浮大陸群的人們當然或多或少都渴望獲得護翼軍的情報。

前提三。

所謂的人心，總是喜歡將原因和結果結合起來理解一件事。因為有這樣的原因，所以才有這樣的結果。一對一的因果。這世上發生的一切事情，都必須套進簡單明瞭的故事框架裡，藉此理解後才肯罷休。

因此，一旦發生不適宜的事情，人們就會尋找明確的反派角色。鎖定一個能夠毫不客氣地指出「那傢伙是壞人」的對象。蘿蔔漲價是那傢伙害的，連日大雨也是那傢伙害的。就算理由有一點牽強也無所謂。將惡人視為罪惡的理由即是正義，而正義不會受到任何人的阻撓。

此外，若能夠以牽強的理由強行通過，便代表詐術也很容易得逞。即使在一個冷靜的對象面前是絕對行不通的詭辯，換作是在民眾追求正義的場合下，那就行得通。

前提四。

費奧多爾．傑斯曼十分了解上述前提。

在深刻理解的情況下，心懷著一個願望。

希望讓那些一直以來都被關押在歷史背面的少女獲得解脫。

列出這些前提，掌握住之後——

夜色破曉，新的一天來臨。

†

好幾朵煙火打上空中。

漫天的櫻色花瓣不斷飛舞著。

無數人潮聚集，將大街包夾起來。許多種族混雜其中——體型龐大的、矮小的；有翅膀的、沒翅膀的；身體表面披著鱗片的、覆蓋著毛皮的、兩者皆沒有的；另外就是有無獠牙和犄角、手腳的數量等諸多不同類型。那些感覺可以不斷細分下去的形形色色人們，現在全都單純地沉浸在雀躍之中，充滿喜悅。一張張臉龐都因感謝與期待而綻放出光采。

在眾人視線的前方，有一輛軍用自走車。

不管怎麼看，都是一輛不普通的自走車。

首先，上面有著鮮豔繁雜的典禮裝飾。車身後部刻著護翼軍第一師團的徽章，但藏在裝飾下面不太好辨識。自走車宛如一隻吃太撐的大龍龜在走路，慢吞吞地前進著。

此外——這就是造成這種狀況的主因——自走車的後座上，現在坐著全科里拿第爾契市最有名的人。

而且，那個人還是英雄。

聽聞那位英雄至今以來都在暗中守護著懸浮大陸群，悄悄擊退以〈十七獸〉為代表的無數敵人，從未受到任何人欣賞，未曾得過任何一句讚美。人們甚至沒有察覺到敵人的存在，英雄就這樣把安穩的和平當作最寶貴的報酬。

但是今天，英雄終於在人群面前現身了。

英雄有必須這麼做的理由。那就是有個十惡不赦的大魔頭出現了。

艾爾畢斯事變真正的幕後黑手，懸浮大陸群的公敵，藍天的破壞者。據說，十五號及四十七號這兩座近年墜落的懸浮島背後，也總有那個男人的身影。他還操縱〈十七獸〉，試圖讓全世界墜入絕望之中。更令人震驚的是，他打算在科里拿第爾契市實行那個恐怖計畫的最後一步。

面對前所未有的危機，英雄終於捨棄自己的自尊，在眾目睽睽下現身，與宿敵在曙光照耀的戰場上持劍對決，然後——手刃敵人。

因此，人們現在都知道，自己確實活在庇護之下。

因此，人們現在都知道，眼前這個人物正是消滅邪惡的最強英雄。

他們現在依然活著，該為此一事實致上謝意的對象，就坐在護翼軍的典禮自走車裡。

群眾沸騰起來。

因為那個人物偏過頭，看向車窗外面。

小小地，但確實向大家露出了微笑。

當然，只有離那位英雄夠近的種族，才能明白那張表情的含義。但是，這樣就足夠了。英雄開心地笑著，這個事實好似閃光在群眾間傳開，爆炸般的歡呼聲震撼了周遭街景。

——在完全無法接受一切現實的情況下。

「哎……哎呀……哎哇……哎呀……」

她露出緊繃得要命的客套笑容，全身上下僵硬不已。

「儘管積雪重重，眼下仍要等待新綠發芽季來臨。此時應當忍耐。」

「素……素低……」

緹亞忒．席巴．伊格納雷歐……不知何時被貼上「英雄」這種誇張標籤的妖精少女，正在拚命克服幾乎要令她昏厥的緊張。

†

從前，威廉．克梅修為了守護「妖精兵」這個框架，不惜將自己貶為災害之身，奮戰到底。

費奧多爾．傑斯曼則反其道而行。

並非無罪的災害，而是打著真正的邪惡之名，企圖將「妖精兵」這個框架摧毀至體無完膚的地步。

其結果，便於此刻呈現。

†

大肆鋪張的典禮仍在進行。

她收到了大量勳章、感謝狀和花束等物品。

聽大人物發表演說，享受少年合唱團的歌聲，客套的笑容達到極限，她感覺自己彷彿在混亂和錯亂的彼端找到了世界的真理。

一切結束後，在市政廳的貴賓室。

來到僅有知情者集合的室內，緹亞忒終於卸下肩膀的力量。她連呼吸的方法都想不太起來，只能反覆做著深呼吸。

「雖然我知道自己不該說這種話……」

那名女子——白毛狼徵族（Lycanthropos）神情複雜地搖了搖頭。

「不過，我還是有一點高興，能夠像這樣堂堂正正地向妳們致上謝意。」

她是菲樂可露比亞·德里歐，暱稱菲兒，科里拿第爾契市的市長女兒。在五年前發生的幾樁麻煩和突發事故中，得知了護翼軍的祕密武器黃金妖精的存在。順帶一提，她和緹亞忒有私交。

緹亞忒從小就認識她，覺得她是個溫柔又有趣的大姊姊。

「啊……啊哈哈……」

緹亞忒用指尖撓著臉頰，模稜兩可地笑了。

「在背後默默守護是守護者的自尊——艾瑟雅小姐曾經這麼說過。我認為這是非常崇高的決心。但是，如果覺得自己只要安於別人庇護之下就好，我認為這實在是……太過卑鄙了。」

「妳也不用這麼在意啦。」

「當然會在意！請讓我在意吧！」

「唔……唔嗯……好吧……」

緹亞忒被她的氣勢震懾住，微微往後退。

「現在可以抬頭挺胸地大聲向妳們道謝了……我很清楚這樣既任性又不合時宜，但我真的非常高興能做到這件事。」

哎，這個人還是老樣子呢。緹亞忒對此感到很開心。

因為她自己，她們這五年來已經有了少許變化。

「從我們的角度來看，這可真令人頭疼啊。」

說出這句話的，是坐在隔壁特製椅子上的巨大爬蟲族（Reptrace）。

他是護翼軍一等機甲武官「灰岩皮（Limeskin）」。

「叔叔……」

「不可說之，不可聽之，不可摻和之。」

接著，同樣坐在特製椅子上的黑山羊頭巨漢，看似惱火地露出獠牙。

「聽信奸賊之言的後果就是如此。這堂課的代價太高了。」

「付出代價的可是我們啊。」

「哼，閉嘴。」

他一邊嘮叨抱怨——表情看起來卻有點高興，應該是錯覺吧？

四人圍坐的桌子上，放著幾張報紙。

舉其中一張來說，最頂端用耍派頭的裝飾文字印著「古都日報」。這是古都科里拿第爾契市最大報社的名稱，同時也是該社發行的報紙名稱。不過，問題在於下面的新聞報導。

「墮天的奸賊，遭護翼之刃擊斃！」。

「逆光而立，新生英雄」。

「一切受詛咒的力量，皆成為希望與未來的助力」。

內容概括如下：

有一個超級大壞蛋出現了，那就是艾爾畢斯的幕後黑手——費奧多爾。最近懸浮大陸群的所有壞事都是他幹的。護翼軍一再進行極機密調查才查出此男的真面目，未料這傢伙竟然率領著〈獸〉，意圖將科里拿第爾契市捲入更甚於五年前的悲劇之中。這下大事不妙了。於是，護翼軍祭出保存至今的王牌，亦即希望的象徵。那群人以受到詛咒的外貌，開闢出受到祝福的未來——

報紙上沒有刊登照片，但是有插畫。儘管畫得比本尊還要精悍，不過確實是緹亞忒·席巴·伊格納雷歐的側臉。

剩下的幾張報紙也寫著類似的事情。比如那天早上突然現身的大魔頭，以及討伐他的英雄，也有提到英雄的戰力堪稱是護翼軍珍藏已久的王牌，還說那個壞蛋是艾爾畢斯的餘黨等等。那樁令人震撼的事件，以浮誇但又保有一定正確性的方式寫成了報導。

不用說，這種發展並不自然。

說到底，這個事件充滿機密，能寫出「正確的報導」本身就很奇怪。若是某間旗下有優秀記者的報社拿到獨家新聞就算了，這麼多報社彷彿串通好似的掌握到相同的消息，這種情況再怎麼說都很不尋常。

再者，這種不自然現象並不是只發生在新聞媒體而已。舉例來說，街頭演講者就是其中之一。自治團體僱用的情報販子偶爾會出現在識字率低的區域街頭上。對於那些看不懂報紙的市民，以一枚硬幣為代價，用口述的方式告訴他們最近備受矚目的事件——但不知為何，這次特別免費講述「魔頭與英雄的對決」的故事。而且還會大聲朗誦有如壯闊史詩般的報導。

只要看到這裡，有點辨別力的人都會立刻察覺到，這種狂熱現象是某個人刻意營造出來的。

但更進一步的詳情就不清楚了。如此大規模的行動，靠一般組織的力量是無法達成的，也必須動用到相當龐大的一筆資金。然而，耗費這麼多心力去創造一個「英雄」，究竟對誰有好處？

「這些……真的全是費奧多爾那傢伙做的……？」

「正確來說，是那個小鬼預先打點完畢後的成果。不過，事到如今也無從得知他的計畫涵蓋到哪一步了。又或許這一切只是重重巧合罷了。」

卡格朗煩躁地低聲呻吟著。

「他主要的打點對象是橘榴石廣域商會和貴翼帝國的「遷徙巢軍」，還有我們護翼軍內部的不肖之徒。他似乎交代那些人從他死亡的那一刻起，就要各自展開行動。也許出於時間緊迫的緣故，他的準備並不充足，手段也絕對算不上高明——」

他深深地嘆了一口氣。

「——但實際來看，那小鬼的如意算盤成真了，這就是結果。」

並不是以戰士的身分，當然更不是以勇者或英雄的身分。

他僅以一名詭辯家的身分參戰，然後獲得了勝利。

「那個混蛋。」

緹亞忒朝沒有人在的方向小小咒罵了一聲。儘管她刻意不提出主張，但她認為自己有這份權利。

她確實說過自己以珂朵莉學姊為榜樣，想要像學姊那樣在戰場上大放異彩，成為一個能夠保護大家的人。不過，這不代表她希望得到大家的盛讚。

「緹亞忒·席巴·伊格納雷歐，全部功勞之所以都集中在閣下身上，恐怕是為了把其他妖精的未來交給護翼軍吧。機密如今已暴露，想守也守不住了。但是，光就世間的印象而論，還有補過飾非的餘地。今後的精靈兵器要用來討好愚民大眾——」

「呃，咳咳。卡格朗先生，你剛才說什麼？」

菲樂可露比亞的視線很冰冷。

「——今後的黃金妖精兵具有攏聚民心的價值。我們如何對待英雄和她的族人，想必會引起那些傢伙的興趣。應該盡可能巧妙地發揮其價值，博取民眾的歡心。那個墮鬼族就是根據這種現狀這麼說的。」

卡格朗換了一個說法。菲樂可露比亞看似滿意地點了點頭。對於既是精靈兵器也是黃金妖精兵的緹亞忒本人而言，這一類的稱呼她倒不太在意。

「當然，往後也不能隨意運用了。尤其閣下更難以行動啦，『灰岩』。」

「戰士的榮譽，其本身隨時都是一種試煉，無須擔心。」

「哼，無謂的堅持。」

卡格朗哼了一聲。

「請……請問！」

抓到插話的空檔，緹亞忒的身子微微前傾。

「阿爾蜜塔她們，呃，就是我們倉庫的年幼妖精，那個……」

「……如同剛才所說，我們已經不能再隨意運用妳們了。」

這個意思也就是……

「厚待妳們的事情，本身產生了不容忽視的意義。我們已經通知妮戈蘭·亞斯托德士，自下週起將針對有需求者按順序進行調整。」

「啊……」

這樣的話——也就是……該怎麼說才好。

緹亞忒·席巴·伊格納雷歐、菈琪旭·尼克思·瑟尼歐里斯、潘麗寶·諾可·卡黛娜和可蓉·琳·布爾加特里歐，她們試圖拿劍上戰場的根本理由。

不惜捨命也要向軍方證明妖精兵價值的最初理由。

那個理由，如今透過她想都沒想過的方式達成了。

——我要阻撓妳們。

她想起那個墮鬼族可憎的扭曲笑容。

啊，原來如此。她直到現在才深深地明白。

她們的確受到了阻礙。守護家人的戰役、賭上性命的戰場全部都被奪走了。而那傢伙在奪來的戰場上恣意奮戰到最後一刻。對於這樣的費奧多爾，她終究還是沒能還以顏色。

她應該道謝才行。

或者說，應該道歉才行。

但是……她怎麼也提不起那種心情。因為她覺得那會成為收拾內心情感的道別話語。她現在依然對費奧多爾感到憤怒、困惑、焦躁、親暱，也不打算把種種情感整合起來賦予一個名稱。她一直想用力抓住那傢伙的前襟，將所有情感訴諸語言傾瀉出來。

（是啊，如果能再見到那傢伙——）

思及此，她甩了甩頭，趕走這股妄想。

事到如今已經不可能了。想像不可能的事情，有時候或許能成為心靈上的慰藉，但在這種必須為現實的未來做打算時，那只會成為桎梏而已。

「我們可以感到高興嗎？」

所以，她這麼問道。

「因為這樣一來，就是大家都能得到幸福的圓滿結局了。」

「不。如果我此時此刻就離開舞臺，或許會這麼想吧。」

卡格朗呻吟似的答道，聲音隱含一絲怒火。

「每個人都有各自的盤算，每個人都在推動現狀。既然準備劇本的小鬼已經離開舞臺了，接下來便全是即興演出。他確實得逞了，取得了當前的必要成果……但是，這不過是虛有其表的終幕，明天可能就崩毀了。」

「祖靈將於背後照耀。通往黑暗的進程，必須由活著的戰士以雙腳確認之。」

「哦……」

他們兩人說的話都太艱深了，實在聽不懂。

「意思是，今後還有各種麻煩等著。」

「啊，好的，這部分的語意我勉強有聽出來。」

菲樂可露比亞的翻譯太過籠統，對她沒什麼幫助。

她隱隱明白一件事。今後的自己，今後的妖精兵，今後將改變的事物，至今未改變的事物，這一切——

「那把劍怎麼樣了？」

她的思緒中斷。

「咦？什麼？」

「遺跡兵器莫烏爾涅……聽說那把劍不知何故與閣下相契合了。」

「哦……哦哦，是的。您說那個啊，嗯。」

緹亞忒的視線飄到另一邊去。

「該怎麼說好呢，那個，我不行。」

「什麼不行？」

「我完全搞不懂。為什麼那把劍願意讓我使用？那把劍有什麼能力？那把劍到底想做什麼……」

卡格朗眼角微動。

「什麼意思？所以是能夠上戰場的東西嗎？」

「唔……我之前和穆罕默達利醫生一起試了一下。」

緹亞忒微微歪頭，尋找能夠說明內心感想的字詞。

「首先，那把劍根本不能憑一己之力使用。那是讓夥伴、力量和心靈合而為一的羈絆之劍，真的就只有這樣而已，沒有什麼特別的了。」

聽眾用沉默催促她說下去。

緹亞忒繼續說道：

「合力作戰，齊心應戰，這把劍會實現本來應該很難達成的事情。而且這一點是最危險的。」

「我覺得聽起來很美呀。」

關於莫烏爾涅這把劍，菲樂可露比亞大概有得到最低限度的知識。看似門外漢的她這麼問道。

「——比如說，像是心中想殺掉的對象，每個人當然都不同。而所謂的把心靈相加起來，就等同於把這些不同的敵意全部加起來的意思。」

緹亞忒閉上眼睛，開始回想。

那一天，淪為無數怪物的科里拿第爾契市的居民，究竟在襲擊什麼，又試圖跟什麼戰鬥？

「如果結合一百個人的力量，在那一百個人想要殺掉的對象全部消失之前，是無法停止的。一千人就有一千個對象。而想當然的，要是增加到這麼多人，想必也有人的怒火是對著這群人自身而來的。儘管得到期望中的力量，但必須殺死比期望中還要多的生命才能結束……那把劍就是這樣。」

「這……」

也許是想起前陣子的慘劇經過，菲樂可露比亞垂下了頭。

「真是邪惡啊。」

卡格朗低聲吐出這句話，然後搖了搖頭。

「並不是劍本身懷藏惡意，它只是簡單地實現了危險的事情而已。」

「把這種以失控為前提的力量交給器量不足之輩就是邪惡，我說的不對嗎？」

這……嗯。經他這麼一說，緹亞忒覺得確實如此，只能認同了。

儘管如此，她還是思考著措辭，想反駁幾句回去。這時，她瞥見「灰岩皮」在咕嚕咕嚕地低吟著——不對，他是在笑。

「……怎麼了？」

「沒事。就是覺得妳還是一樣才學豐富啊。」

「呃……啊？」

聽到這句意外至極的發言，她不禁發出呆傻的聲音。

「在戰場生死相託的夥伴——即自己的劍，妳與它的溝通快如游隼——妳自己沒有發現嗎？」

這個……嗯，這麼說起來。

每一把遺跡兵器都具備基礎的性能，可以與使用者所催發的魔力同步，或是配合敵人的級數來增幅力量。這些能力幾乎就是遺跡兵器作為武器所被要求的力量。大多數妖精兵只把契合的遺跡兵器當作增幅裝置來運用在戰鬥上。

遺跡兵器潛藏著個別的功能——這件事本身她們有聽說過。然而，這些劍畢竟是滅絕於古代的種族所遺留下來的古董，多數功能早已損壞；即使幸運地沒有受損，也因為沒有留下詳細的說明書而不曉得使用方法。再者，就算想盡辦法學會實際使用個別功能（據說稱為異稟（Talent）），也不太可能是對戰鬥有幫助的東西。

因此，對於大部分的遺跡兵器，大家通常不會追求發揮異稟的力量。頂多就是與遺跡兵器相契合的妖精偶然間學會使用異稟，但這是極少數例子。

（學姊她們也是……除了珂朵莉學姊的瑟尼歐里斯以外，好像沒聽過有誰學會使用異稟的……）

緹亞忒了解伊格納雷歐的異稟，而且也會使用。雖然她知道這是很稀奇的事情，但並不認為這有什麼特別的。

畢竟這把劍沒有多強，也不具備多強的能力。既然對戰場的貢獻度低，那也就失去作為兵器的意義了。

另外，嗯，就是那個。從對戰場的貢獻度低這方面來看，這次的莫烏爾涅也是半斤八兩，還比伊格納雷歐更不適合當作兵器使用。到頭來，她所扮演的角色也就只有這樣而已吧，想到這裡就覺得非常悲哀。

「打擾了。」

響起兩次敲門聲後，未等答覆，房門就打開了。緹亞忒停下思緒。

一顆鴿子頭冒出來，向眾人表示：「時間到了。」

什麼時間？緹亞忒還沒問出口，菲樂可露比亞就站了起來。

「是邀請名流出席的晚宴，我想說盡早做好出席準備比較好。」

「哦。」

原來如此，大小姐也有這樣的要事啊。緹亞忒覺得上流階級真辛苦。

「所以，我們走吧，緹亞忒小姐。雖然急忙準備了禮服，但細節尺寸還是要核對過才行。」

「哦……啊？呃，那個，咦？」

緹亞忒一直以為這件事完全跟自己無關，所以著實被嚇了一跳。

「嘻嘻嘻，儘管稱為英雄，但終究是士兵，不少人都在嘲笑說一定是個粗俗的鄉巴佬。推翻這個評價就是我的戰鬥。沒錯，這裡正是我的戰場。」

她呼吸急促，眼眸中的光采格外強烈。

「那個，所以說，難道我也要去那個晚宴嗎？」

她的鼻尖猛然湊近。

「當然了。妳可是今晚的主賓耶，不卯起來打扮怎麼行呢？」

「咦……咦……咦……」

咦咦咦咦──緹亞忒還沒徹底接受這種事態發展，只聽到她的哀號離開房間，沿著走廊逐漸遠去。

「灰岩皮」一等武官抬頭看著天花板，眼睛瞇起。

「祝君武運昌隆。」

他祈禱似的如此低聲說道。

3. 接獲消息

慢了兩天，科里拿第爾契市的通知才送達三十八號懸浮島的第五師團。

接著不久後，潘麗寶和可蓉都接到了那個情報。

擁有二等武官待遇的艾瑟雅．麥傑．瓦爾卡里斯重新轉向窗戶，背對兩個上等相當兵——潘麗寶和可蓉，說道：

「妳們四個之所以來到這座懸浮島，本來是為了替倉庫的小朋友爭取治療。但是，經過那些孩子的奮鬥後，這一點已經獲得了保障。」

哦——原來事情變成這樣了嗎？

潘麗寶抱著比想像中還要平靜的心情聽著這一連串的事情。

她早就隱隱覺得菈琪旭和費奧多爾這兩人不會回來了，所以她並沒有感到吃驚。只有沉重苦澀的情緒積累在心中。

「因為這樣，妳們已經沒有繼續戰鬥的理由了。」

「意思是，要我們退出？」

「退出也可以。前往六十八號島的交通工具，聽說師團那邊會幫忙準備。」

「前幾天才剛證實過遺跡兵器對〈第十一獸〉是有效的，換句話說，我們是對付那頭獸的王牌。如果我們離開，不會造成嚴重的退步嗎？」

「這是兩碼子事。確實是還滿吃不消的，但第五師團再怎樣也沒有軟弱到必須完全仰賴兩個小丫頭的地步喔。」

這是在逞強吧。

在對付〈獸〉的戰場上少了兩名妖精兵，這種情況絕不可能只用一句「還滿吃不消的」來帶過。儘管如此，艾瑟雅仍一如往常地笑著，大概是不想讓學妹以義務感和責任感來選擇道路吧。

潘麗寶意識到指尖隱隱作痛。

那是她前陣子觸碰〈獸〉後，自己切掉皮肉所造成的痛楚。不過，本來就不是很嚴重的傷口，已經差不多癒合了。

「妳這麼說——」她有點猶豫要不要說下去。「那艾瑟雅學姊，妳又有什麼打算呢？

妳也一樣沒有留在這裡的理由吧。」

「嗯？唔……不不不。」

艾瑟雅帶著一貫的輕浮笑容，避重就輕地答道：

「畢竟我呢，是個擁有神祕不可知的內情的成熟女性嘛。我還有非常多謀劃的事情要做，實在無法抽身呢。」

潘麗寶揣測她的內心。

只要是妖精都知道，艾瑟雅為了妖精這支種族的未來，比任何人都更拚命地不斷在檯面下奮鬥。即使無法打破身為消耗型兵器的立場，但哪怕只有一點點也好，她希望這些兵器能夠更加耐用，更能受到重視。

在科里拿第爾契市，那個與艾瑟雅本身沒有關聯的地方所發生的動亂，大幅改變了這場奮鬥的局勢。

艾瑟雅不可能沒有受到動搖。然而，她的情感一如既往地藏在那張一號表情的後面，導致她在想什麼都看不出來。

「怎麼辦，可蓉？」

她詢問身旁的搭檔。

「潘麗寶，妳問這個幹麼？」

對方平靜地反問回來。

「我問了蠢問題嗎？」

「嗯，是蠢問題。」

她們兩人同時點了點頭。

「……妳們聽好了，機會恐怕只有這一次而已喔？」

艾瑟雅這麼確認道，而潘麗寶則對她聳了聳肩。

「沒關係。畢竟這時候回去，也沒有什麼厲害的見聞可以說給優蒂亞她們聽啊。我還想創造英雄事蹟呢。這是評估過的決定喔。」

「直到結束之前，戰鬥都要持續下去嘛。」

可蓉嘻嘻一笑。她笑得出來了。不管內心如何，就算只有表面而已，總之她有辦法強顏歡笑了。

有一瞬間，艾瑟雅斂起了所有表情。

她忽然露出無力的微笑，接著喃喃說道：

「一個個全是傻孩子啊，真是的。」

「說得好。真不知道到底是像誰呢。」

「誰曉得，應該是看著不少笨蛋的背影長大的吧……是說人選實在太多了，害我難過了起來。」

艾瑟雅用莫名真誠的語氣發完牢騷後，再次抬起頭。

「拜潘麗寶違抗命令所賜，我們得以確定遺跡兵器是有效的。不過，就算妳們留下來，現在這裡能夠使用的遺跡兵器也只有兩把而已。」

「妳的意思是，用兩把菜刀來料理，這塊肉太大了？」

「是啊，但也別寄望能拿到更多武器。我現在是打算針對調理方法下點工夫，想辦法克服這個問題。」

當然，除了那兩把菜刀之外，還有開啟妖精鄉之門——讓可蓉和潘麗寶自爆的方法。這是目前為止讓許多次對上〈第六獸(Timere)〉的戰鬥獲得勝利，藉由近身戰發揮出壓倒性暴力的王牌。

然而，這次的對手太龐大了。雖說自爆比揮劍有效率，但要讓整座懸浮島墜落，一兩次爆炸根本不夠。再加上妖精鄉之門本來就有破壞範圍完全不固定的缺點，實在不能納入戰略考量的一部分。

「慢慢熬煮的話，不就會變軟嗎？」

「真是好主意耶。我想試試看，妳去幫我準備鍋子吧。」

「唔，被駁倒了。」

短短幾句對話間，玩笑話就講完了。三人沉默了一會兒。

「總之……思考這方面的事情就是我的工作啦。」

艾瑟雅啪地拍一下手，結束話題。

「那麼，雖然讓妳們留下來還這樣要求有點不好意思，但這幾天要安分一點啊。怕兩位忘了所以提醒一下，妳們都還在禁足中喔。」

說完，艾瑟雅拿起桌上的一疊紙，塞進眼前的潘麗寶手中。

†

「潘麗寶，妳好厲害。」

可蓉在走廊這麼對她說道。

「咦，雖然我對自己的本事很有自信，但應該沒有厲害到讓妳特地再說一次吧。」

「不是那樣。」

可蓉無力地搖搖頭。

「我是說自己還太軟弱了。」

潘麗寶意會過來她指的是心靈。

「——菈琪旭和費奧多爾都是不惜掙脫一切，拚盡全力地活著，而他們應該都得到了所求的事物。儘管我不曉得他們是不是心滿意足了，但我還是要肯定他們的生與死。要是我們現在因為後悔而灰心沮喪，那就跟理盲的同情沒兩樣——」

「能說出這番話的妳，真的很厲害。」

不對吧。潘麗寶這麼想著。

她單純是薄情而已。她已經接受「妖精終須一死」的前提，而且對這件事也沒有特別感到悲傷。

說到底，她們本來就是抱著必死的決心來到這座懸浮島的。

獻身證明妖精兵的用處，藉此開拓阿爾蜜塔等人的未來。

雖然四個人堅定決心的方式各不相同，但大家理應都是邁向同一結局。

然而，等到發現時，她們四人早已分散開來，朝著迥然不同的方向前進，開始步上相異的結局。

但即使如此，潘麗寶依然相信四人信念一致。不管誰在何處身故，她們都不會有任何改變，什麼都不會失去。

她如此告訴自己，然後將注意力從內心深處的罣礙上移走。

——潘麗寶想起緹亞忒。

既是朋友也是同僚和家人的她，此刻不在這裡，大概在遙遠的天空下奮鬥著。

她被認為沒有操作魔力的才能。任憑再努力，也只能催發出微弱的魔力。對她本人而言，這似乎令她感到相當自卑，但根據潘麗寶的觀點，那是有點偏離正題的說法。

所謂的生命力，就是一個生物對自己未來有多渴望的力量。

很多妖精缺乏這個力量，但緹亞忒有。明明是生來就隨時會消逝的虛渺存在，卻表示自己「總有一天要像學姊一樣」，將真心的嚮往說出口，整個人散發著閃亮亮的光輝。

這應該是比任何事物都美麗，比任何事物都還要理想，比任何事物都更該受到祝福的資質吧。身為反例的潘麗寶·諾可·卡黛娜是如此認為的。

坦白說，她很羨慕。

而且，儘管程度和方向性不同，她欣羨的對象也不是只有緹亞忒一人而已。

「哼！」

響亮的「啪」一聲，只見可蓉用雙手拍打自己的臉頰。

「可蓉？」

「給我半天，我要振作振作！」

她的臉頰腫了起來，一片通紅，眼眸略帶水光。

滿懷幹勁地說完後，她就在走廊上邁開大步前進。

「妳要去哪？」

「操練場！我要動動身體，直到不再胡思亂想為止！」

「不是被禁足了嗎？」

「這是兩回事，不能扯在一起！」

可蓉毫無顧忌地踏步前行，就這樣消失在潘麗寶的視野中。

說起來，妮戈蘭——宛若她們親生母親一般的女子，曾經為了從妖精兵陣亡的悲傷中重振起來而跑到山裡獵熊。潘麗寶想起這種事情。

「——『我很軟弱』嗎……」

等到剩自己一人，沒人聽得到她說話後，她就呢喃似的說道。

「雖說是很常聽到的反論，但在沒有自暴自棄的情況下還能坦率地說出這句話，這才是身為強者的證明吧。」

†

分配給妖精的房間——以前覺得很狹窄的那個空間，如今格外有空蕩蕩的感覺。因為本來是四人房，如果人數減少，理所當然會相對顯得更寬敞。

潘麗寶回到房間。

原本伸手想要點燈，但在途中作罷了。

她靜靜地走向自己的床，避免吵醒睡得香甜的莉艾兒。

把艾瑟雅給的一疊報紙扔在桌上後，她向後倒在床單上，呆呆地望著天花板，眼睛不由自主地開始追逐黏在灰泥上的濃淡不一汙漬。

看膩了。

「……唉……」

她以前偶爾會想，一人獨處時應該都會思考一些無聊的事情，但實際上正好相反。她什麼念頭都沒有，提不起勁思考任何事情，感覺腦內像是浸泡在溫熱的明膠裡似的。

她起身，重新拿起剛才扔在桌上的報紙。

將報紙大大地攤開。

萊耶爾週報。如同其名，以往都是每週發行一次，廣泛報導萊耶爾市的近況。比如市長選舉的動向、大劇場的活動日程、廣域商會的廣告以及作為城市生命線的電線老化狀況。但是，由於居民離開萊耶爾市，事件和訂閱者都減少，所以最近的發行速度降為每月一次。

潘麗寶現在拿在手中的是萊耶爾週報的號外。

因為突然發生太過轟動社會的事件，報社便無視本來的發行步調，大量印刷這個寫滿最新消息的號外。

內容如下：

「萊耶爾市也有英雄」。

「受到黃金庇護之地」。

「護翼軍的王牌降臨三十八號懸浮島！」。

「——哈哈哈。」

雖然不該笑，但她還是忍不住笑了。

緹亞忒在十三號懸浮島被推崇為英雄。當時就料想得到會有這樣的發展，人們得知希望的存在之後，就理所當然似的渴求著下一個希望。

而三十八號懸浮島作為對抗〈獸〉的最前線，代表希望的英雄來訪此地當然是很正常的事情——人們便會這麼想。

報導的依據只有「英雄是無徵種」和「護翼軍第五師團旗下似乎有無徵種士兵」這兩個而已，並未追查到潘麗寶、可蓉、艾瑟雅和莉艾兒等個人姓名。報社把這兩個片段消息融合為讀者喜聞樂見的內容，寫成前述的新聞報導。

（所謂的真相，就是一成事實加上九成渲染所混合而成的娛樂作品……嗎……）

她將報紙揉成一團扔回桌上。

（——禁足啊……）

艾瑟雅先前說過的話。

潘麗寶覺得這個處置有一點不自然。雖然直接的罪狀是她自己違抗命令，但這恐怕僅僅是藉口而已。考慮到時間點和事情經過，艾瑟雅應該有一個積極的理由，讓她想把兩個妖精兵學妹留在自己的眼皮子底下。

在那樣的當下，她應該不可能是在提防報社記者的目光吧。

（就像艾瑟雅學姊自己說過的，她還藏著很麻煩的祕密。以時間點而言，大概是那天晚上出現的可疑人物。）

雖然潘麗寶不擅長深入思考，但這點程度的事情她也想得通。

（「醃漬桶的入侵者」、「妖怪」、「四肢爬行的黑瑪瑙」。）

記得艾瑟雅學姊當時提到了這些詞彙。

無論哪一個，潘麗寶都沒什麼特別的印象。

（某個艾瑟雅學姊極力阻止我們去追的人嗎……）

她思索起來。

然後又放棄了。她的腦袋已經罷工了，這種時候不該再陷入苦思當中。這一類的事情應該交給菈恩托露可學姊和費奧多爾這些靠腦力吃飯的人去煩惱。

……沒錯，費奧多爾．傑斯曼。

腦海浮現出這個名字，帶動她勾起各種回憶。

他一直看著妖精兵，專注地凝視著。他的目光不曾從妖精兵背後的謎團、幕後黑手等所有事情上移開，試圖將一切查個水落石出。

她們在他面前並不單純是兵器，甚至也不僅僅是平凡的青春少女，而是兩者混合而成的某種不明生物。雖然他沒能接納這樣的生物，但也沒有坐視不管。他恐怕是以完全不符自身作風的接觸方式，盡全力捨身投入其中。

他與看出一切並接受的妮戈蘭及威廉有一點不同。

他並不是以監護人的身分，而是用平等的方式來對待她們這些既特別又複雜的存在。她們的身影筆直地映照在他眼中，這讓潘麗寶感到很開心。

若硬要挑剔，大概就是他的目光老是落在緹亞忒和菈琪旭身上。不過，這是她們自己煽動的結果，沒有理由怪罪他。

而他的故事似乎在遙遠的他方結束了，如今無論說什麼也只會變成悔恨的牢騷。這就跟理盲的同情沒兩樣，她明明才剛如此告誡過可蓉。

「早知道應該奪走一個吻的。」

她下意識地吐露出這句低語。

「……哦？」

水珠順著臉頰滑落下來。

她試著用指尖擦拭。熱熱的。

「這是……」

她凝眸注視濡溼的手指。這個液體是什麼，代表什麼意思，她雖然有相關知識，卻沒能理解過來。

我……在哭嗎？

這是因為哀悼死別、惋惜觸碰不到的未來而流下的淚水嗎？

她無法充分掌握住自己的心情。一種連情感都算不上，來歷不明的衝動在胸中不停打轉。由於太過沉重，她的思緒甚至沒辦法流暢地運轉起來。

……她緩緩睜開眼眸。

看來自己在不知不覺間睡著了。

窗外很暗，太陽似乎早已悄悄西沉。她彷彿拖著床單一般慢吞吞地下床，打算拉上窗簾。這時，她注意到天上的光輝。

好幾顆流星接二連三地劃過夜空。

「——啊。」

腦子清醒了。

她入迷地看著。

這幅景象出現在世間如此動盪不安的時期，有可能是吉兆或凶兆之類的，如果通曉占星學，或許就能夠判斷其所代表的含義。但是，對於學識淺薄的潘麗寶而言，那就只是美麗的光輝集合體。而想當然的，她也不會要求更多了。

些微的鄉愁刺痛內心。忘了是什麼時候，她也曾在妖精倉庫仰望這般星空。姊妹們爭先恐後地擠到屋頂，想要從高處欣賞如此景致。雖然好像因為某個意外而被打斷了（她記不太清楚），但就算是短短的片刻，大家一起仰望星空的情景直到現在依然歷歷在目。

對了，自己不該獨享這片景色。思及此——

「莉艾兒，妳看。」

她轉頭，看向那個應該在旁邊睡覺的孩子。

沒有回應。不只如此，床上根本就沒有人。

「……莉艾兒？」

心中湧起一股不好的預感。

她轉向房間的入口，也就是門的方向。那裡的景象要說不意外，確實不意外。原本藏在衣櫥裡的凳子正擺在門邊，隔壁還擺著一個裝有驅蟲草的木箱，應該是用來輔助爬到凳子上的吧。當然，最重要的門已經徹底被打開了。

莉艾兒有脫逃癖。她會離開房間，隨著好奇心的驅使在軍事基地內到處亂逛。菈琪旭和費奧多爾不在之後，她的行動範圍又擴大了。即使百般叮嚀「很危險，不准這樣」、「回房去，不然會妨礙到別人」，她也聽不進去。

話雖如此，以她的身高而言，應該是沒辦法碰到門把才對。所以潘麗寶一直以為只要關上門就好，但看來這個想法太過天真了。

「該請人來裝門鎖了吧，真是的……」

潘麗寶察覺到自己的思考變遲鈍了。

她抓了抓頭。

四處遊蕩和神出鬼沒是她的特技，也類似存在意義，但看來差不多該把這塊招牌傳承給下一個世代了。她還想到這種無關緊要的事情。

莉艾兒應該是醒過來後，看到了窗外的流星吧。

她可能因此興起想要從更好的位置仰望流星的念頭。但是，她認為即使叫醒睡在同一個房間的監護人（潘麗寶），對方八成也不會帶她出去。所以她偷偷溜出房間，跑去尋找屬於自己的特等席。

（若是如此，她不是去野外訓練場，就是在餐廳二樓吧——）

潘麗寶打算縮小候選地點，再按順序一一刪減。而她的運氣很好，在前往第一個地點的途中就立刻中獎了。

莉艾兒明亮的髮色在夜晚非常醒目。就算從有點距離的路上看過去，也能辨識出她就在那裡。除此之外……

在走近之後，她才發現莉艾兒身旁還有另一個人。

她慢慢走過去。

表面上踩著平常的步伐，實則暗中壓低重心。這是預備跳躍的動作，讓自己在面對突如其來的戰鬥時能夠應對自如。

「莉艾兒。」

潘麗寶喊了她的名字後，那兩人都轉過頭來。

莉艾兒嘟著嘴，額上用力擠出皺紋。雖然不知道是誰教的（八成是可蓉），但那張表情所代表的含義只有一個，她大概在威嚇可疑人物。

至於另一個人。

「——你是誰？」

潘麗寶毫不掩飾戒心，沉聲拋出這個問題。那個人露出溫和的笑容說：「哎呀，這下可傷腦筋了。」

那是個狐徵族中年男性。

潘麗寶沒見過此人。他沒有穿軍服，一身無光澤的灰色毛皮上，穿著同樣皺巴巴的土黃色大衣。

目前來看，莉艾兒的判斷是正確的。即便在年紀較大的潘麗寶眼中，對方也是徹頭徹尾的典型可疑人物，很適合做成字典裡的插圖。

「呃……」

他的雙眼瞇起來，迅速地上下移動。

潘麗寶感覺自己全身都被打量了一遍。也就是說，對方已經確認過以莉艾兒的監護人身分出現的她，同樣屬於無徵種。

「我能不能請教幾個問題呢？」

「先回答我的問題。你是哪個部隊的？」

「哎呀呀，別擺出那麼可怕的表情嘛，可惜了一張漂亮的臉蛋。」

有夠輕浮的恭維。如果只是區分性別，看體格可能就知道了（儘管潘麗寶算不上豐滿，身體還是有點起伏），但獸人明明無法憑眼力輕易分辨出無徵種的美醜。

「我不會白白探聽的，會給妳們相應的謝禮喔。」

說完，他遞出一張小紙片。潘麗寶接過來，在確保男人沒離開視野的情況下，匆匆瞥了一眼內容。上頭一行字讀為「自由記者貝爾托特・席斐爾」。

（自由記者。）

亦即不隸屬特定報社，獨立工作的記者。

潘麗寶懂了。

她想起睡前讀到的那份報紙。上面列的幾則報導以少許的事實為基礎，藉由推測和擴大解釋來為內容加油添醋，宛如舒芙蕾般浮而不實。即使是那種報紙，現在也賣得非常好，而且其他家競爭報社也利用類似的內容來提高銷量。

因此，每家報社都打算下次要刊登更詳細具體、接近事實的報導。換句話說，如果現在成功潛入護翼軍並取得最新的第一手新聞題材，就可以高價轉賣給報社。眼前這名記者應該打著這個主意吧。

她用指尖把紙片彈回去。

「你看起來似乎沒有採訪證。」

「哎呀哈哈，這個嘛，嗯，可以這麼說啦。」

（這人是溜進來的吧。）

軍隊永遠是機密的寶庫，所有外部人員都會被擋在基地入口。然而，並不是每個記者都肯乖乖摸著鼻子回去。一定會有不肖之徒嘗試避開門衛的視線，溜進軍事要地。而第五師團當前無暇滴水不漏地隔絕這些傢伙。

要是警備有漏洞，有外人混進來也是很正常的吧。

「現在人人都在談論的黃金妖精，妳應該知道吧？」

對方直白地拋出了問題。

硬是掌握住對話的主導權，強行塞了一個問題過來。他大概本來就沒在期待得到認真的回答吧。也就是說，不管她怎麼回答，他發問的目的只在於引出她的反應，這是他設下的局。

她拒絕回答也好，說謊掩飾也好，面無表情地應付過去也好，他自然能從她的反應本身讀出自己想要的訊息。包括拒絕在內，她的所有應答都會讓對方得利。

（這種心理戰我可不在行啊。）

換作是費奧多爾或艾瑟雅學姊，說不定已經想到能夠巧妙蒙騙過去的說詞了。但遺憾的是，潘麗寶並不具備那種類似玩文字遊戲的技術。

她有想過要不要直接一劍砍下去。

劍術是不亞於語言的雄辯。出力的方式、拿捏距離的方式、移動視線的方式，還有抓到機會時的判斷速度及其內容。所有情報都會赤裸裸地暴露出使用者的本質與內心。對方喜好什麼，能夠共享哪些喜好，這些事情潘麗寶都可以解讀出來。

（不——）

只消看一眼，就知道這個對手完全是門外漢。在一定程度上習慣戰鬥的人，會養成難以隱瞞的動作習慣。而她無法從這個狐頭人身上感覺到一丁點的強者氣息。

再加上，她現在才想起自己雙手空空如也。沒帶武器還想砍人實在是異想天開。

她繼續稍作思忖。

由於思考起來變得很麻煩，她決定改變思維。如果連拒絕這條路都遭到封阻，便必須在不拒絕的情況下，建立彼此的溝通。

「既然你這麼問，就表示你是追尋神祕者，參與那個『螺旋三角形』的茶會成員吧。哎呀呀，願我們的登登鋼鐵大王榮耀永存。」

她浮誇地揮手，露出滿面笑容，用平板的語調信口說道。

「——咦？……什麼？」

對方掛在臉上的那抹詭異笑容，被困惑所取代。

「嗯，怎麼啦？你不是為了追尋『黃金妖精』之謎，而試圖進入古代湖底嗎？你簡直是一匹長著七條腿的馬呢。紅色祭器沾滿了油真是令人頭疼。既然如此，茶會主人——探究者之王的故事便展開了。哎呀呀，願我們咚登咚黃金皇帝的榮華長在。」

「呃……登……登……嗯？」

她看到他的眼皮慌亂地上下開闔。

「怎麼了？想打聽事情的是你吧。來吧，我們一起祈禱，呸拉呸嚕嚕邦巴噗～」

「……啊。」

也許是回過神了，他像是要掩飾失態似的恢復剛才那種笑容。

「不了。看來形勢對我不是很有利呀。我還是換個法子下次再來吧。」

他退後半步。

潘麗寶沒強行趕走他，只是平靜地壓低聲音說：

「每次都要扭送給警備人員也很麻煩。你自己回去吧。」

「我會的。」

「五分鐘後，我會向警備人員報告有可疑的聲響。如果你不想玩捉迷藏，趕緊在那之前離開軍事要地吧。」

男人沒有回應她的警告。只見他轉過身，邁步而去。雖然看起來走得既隨便又有氣無力的，但完全聽不到腳步聲。

「唉。」

直到他的背影融於夜色中，潘麗寶才呼出一大口氣。

她想自己應該沒有把大眾渴求的情報洩漏出去。無論怎麼修飾剛才那番對話，也沒辦法賣給報社。大概吧。

「……比起咚登咚黃金皇帝，吱嘎磨嘎翡翠侯爵好像比較好。不過，也不能受制於表層的影響，而疏忽了對關聯性的尊重……可是……」

其實，這不是現在該煩惱的事情，之後再找可蓉商量吧。她這麼決定後，便回到最初的問題。也就是說，她要捕捉某個不乖亂跑的大小姐。

「莉艾兒，過來。」

「唔。」

潘麗寶張開雙臂等待，但莉艾兒並沒有撲過來。沒辦法之下，她只好自己撲過去抱起莉艾兒。耳邊傳來「呀啊啊」的尖叫聲。

「妳不能老是在外面閒晃喔，畢竟今後會發生更多剛才那種事情。更何況，妳差不多該認命去六十八號島了吧——啊痛痛痛痛。」

她的頭髮被猛力揪住。

「不要，不要，不要。」

「欸欸欸，別鬧了，別鬧了啦。」

「不～要。」

她想辦法把莉艾兒從頭髮上扯下來。

她一邊調整呼吸，一邊重新抱住莉艾兒——只見年幼妖精完全忘記自己上一刻還在胡鬧，怔怔地仰望天空。

星空一片寧靜。

已經沒有流星了。

4. 瑪格莉特·麥迪西斯的病房

瑪格——瑪格莉特·麥迪西斯身受重傷。

雖然身受重傷，但依然活著。

在莫烏爾涅引發騷動時，她正好處在戰況最激烈的地方。就在遭到那把劍吞噬而失控的菈琪旭·尼克思·瑟尼歐里斯，以及繼承那把劍的費奧多爾·傑斯曼這兩人咫尺處。在場的城市、護翼軍及貴翼帝國的士兵不斷開著槍。然後，好幾顆子彈射中她的身體。

一命尚存可以說是不幸中的大幸。全部的子彈都貫穿了身體，對骨頭和內臟造成的傷害也都不會立刻危及到性命。她後來接受軍方的治療，脫離了險境。

問題在於，瑪格別說是親戚了，連能夠肯定是同種族的人都沒有。無徵種本來就和獸人不同，沒辦法光憑外貌來辨別種族。以瑪格而言，她甚至還有一點點返祖的跡象——類似黑貓的體毛和耳朵。要是連體質傾向都無法判明，別提輸血，更不能隨便投藥。護翼軍的醫師團隊認為，最好以能夠對應多數種族的麻醉藥來紓緩疼痛，再等她休息靜養直到恢復體力。

（…………啊……）

她的眼睛微微睜開一條縫。

好刺眼。

因為麻醉的緣故，她的瞳孔沒辦法順利對焦。

全身幾乎沒有感覺。

她開始妄想自己是否失去了大部分的身體。宛如亡靈般失去一切的她，終於連身體都沒有了。

（要是真的消失了……反倒好得多吧……）

她很清楚。現在只是麻醉的效用發作，她的身體並沒有消失。麻醉退掉後，就會恢復原本的知覺。然而，就算這樣又如何？無論這具身體是否留著，她如今想做的事情只剩下詛咒自己而已。

（為什麼……我為什麼還……）

難以動彈的嘴唇自嘲地扭曲著。

她希望活下去的人們都死了。

沒有生存意義的自己卻活了下來。

她覺得這樣不對，必須糾正這個錯誤才行。

或者。

說不定活到生命燃燒殆盡是生者的特權，死者沒有那種權利。而且，恐怕連自稱死者的她也是，她只不過是隨波逐流罷了。唯有好好活著的人，才能好好地迎來死亡。

因此，她連死都死不成。

因此，她只能一再失去。

甚至連對逝者致上最後的話語都沒辦法。

視野一隅，有灰色在蠕動。

（——咦？）

異樣感與危機感同時迸發。一股寒氣竄上理應被麻醉藥奪走知覺的脊椎。模糊的意識突然恢復輪廓。

很奇妙的感覺，而她自己也記得這種感覺。在至今為止的短暫人生中，她曾經深深浸沒在這種感覺裡，幾乎成為自己的一部分。

「……真不愧是妳啊，代號F。」

那是低沉、沒有起伏又難以捉摸的聲音。

仍舊籠罩著霧氣的視野一隅，有一團暗灰色的東西彷彿從黑暗中滲出來似的現身了。

那是一個體格龐大，戴著兜帽的人。

（不會吧……）

——代號……B……？

她沒發出聲音，但對方大概是讀出了她試圖這麼說的嘴唇。

「對，是我喔。很意外嗎？」

那團灰色似乎拉開了兜帽。在她朦朧的視野中，看不清他的模樣。

「還是說，妳沒料到我還活著？妳逃走後，剩下的我們可是倒了大楣呢。實際上死了好幾個人喔，我和妳算是很走運了。」

沉默幾秒。

記憶如同閃光般復甦。那是一段混濁的過去，實在稱不上回憶。從前瑪格莉特·麥迪西斯在艾爾畢斯事變中倖存下來後，那幾年是如何度過的？

她被黑社會的人扣住，為防逃跑，對方還逼她服毒。她和處境相似的孩子一起接受訓練，被迫沾染骯髒勾當。在無從反抗的情況下度過三年這種生活之際，她找到機會，搶走抗毒劑和看似昂貴的商品木箱，獨自逃走了。其他境遇相同的孩子被留了下來，但她無法顧慮到他們。畢竟大家被允許的交流程度只能勉強稱為認識，她也不知道其他人被關在哪裡，更何況她根本沒有心力去顧慮自己以外的人。

在她離開後，他們遭到了什麼對待？不用說，她現在想像得出來，也相信其他人一定恨透了自己。

她只能勉強看到一個巨大的朦朧剪影，那跟她記憶中的「代號B」不一樣。他當時是個非常矮小的少年。

為了工作，大家被迫服下大量的藥。感覺敏銳化、鈍化、肌肉出力增強、改變瞳色和膚色、聲線平凡化。把這些光是單一效果就有損身體的藥品做成爛糊糊的混合物，再灌進喉嚨。瑪格半途逃走後，他們應該還在繼續被迫服用那些藥吧。然後，這甚至讓「代號B」的體型從根本上發生了變化。

──你是來殺我的嗎？

她抱著些許期待，如此動了動嘴唇。

「我當然有這個念頭啊。但是，本來就沒人想待在那種鬼地方，有機會早就逃了，只

能不能再見一面？

是那個抓住機會的人剛好是妳，僅此而已。羨慕歸羨慕，要怨恨可就沒道理了。」

他的嗓音聽起來很不爽，但又隱隱透著喜悅。

「錯的人不是先逃走的妳，而是身為元凶的組織，還有那幾個買下我們的艾爾畢斯商人。我不會笨到誤解這一點——而且，對中心人物的復仇已經結束了。」

——復仇？

「以艾爾畢斯的聖碑文為誓，每一滴血皆以一道傷痕來償還。」

如同歌頌一般，少年的聲音這麼唸誦著。這是艾爾畢斯國教的祈禱文之一，每個在十三號懸浮島出生的人都聽過。

「我效法碑文的訓誡，逐一找出每個人，把他們逼至絕境，然後殺掉了。」

（……咦……）

她想起來了。

忘了何時，她在三十八號懸浮島遇到一名商人，對方曾提到這件事。在舊艾爾畢斯登記過名字的商人被約出去進行可疑交易，結果接連死於非命。瑪格還被懷疑是殺人凶手。

她對這件事幾乎沒什麼印象，當下也以為對方只是在找碴。但現在想想，當時那個商人之所以說得那麼肯定，搞不好是手上握有什麼證據。比如說，殺人過程所使用的技術，他們也曾灌輸同一套技術給用來使喚的孩子們。既然如此，從那個設施逃出來的人理所當然會列為首要嫌犯。

——那麼，該不會……

「我今天是來向妳道謝的。」

他用雀躍的嗓音這麼說。

「妳挖出了護翼軍的機密，好像叫做黃金妖精來著。」

——咦？

「護翼軍其實隱藏了戰力吧。發生事變時也是，他們明明有能力幫助我們，卻沒有出手。所以我們才會失去性命以外的一切事物。雖說追本溯源，那樁事變的始作俑者是艾爾畢斯的人，但這跟我們無關。抹殺我們的，是那些商人……而決定拋棄我們的，則是護翼軍。」

——不對……

她的嘴唇動不太起來。

「該報仇的對象水落石出，今後要做的事情也確定了，這都要多虧妳啊。儘管我對妳的感覺很複雜，不過這件事我非常感謝妳。」

他的眼神平靜、溫和且帶著覺悟。

「就算成功了，應該也沒辦法告訴妳吧。雖然久別多時才見面，但這是最後一次的告別了。」

——不行，別去——

她的身體被麻醉藥控制住，完全使不上力，阻止不了他。

「再見了。」

氣息離去，和來時幾乎一樣突然。

一片寂靜。她被獨自留在病房裡。

誰……誰來阻止他。

哪個部位都好，她希望身體趕快動起來。也許是她的心願成真了，依然麻痺的手臂彷彿痙攣似的用力抖動一下。不知道是撞到還是勾到什麼東西，她全身從床上滾落下來。受到波及的邊桌也倒在地上，裝有紗布等東西的托盤被打翻，發出尖銳的金屬聲響。她看到血在地板上流動。不知是哪個傷口裂開了，還是剛才又添了新傷，抑或是兩者皆有。

護理師發覺異狀而衝了過來。瑪格拚命地動嘴唇求助。

——誰……誰快去阻止他。

護理師忙亂地走來走去，沒有看出她在求助什麼。
少女的吶喊與哀求沒有傳達給任何人。
瑪格無力地掙扎著，而注射針刺進了她的手臂。應該是鎮定劑之類的吧。她連反抗都做不到，意識遭到抹除，整個人被關進黑暗之中。

5. 自由記者

一名狐徵族人走在萊耶爾市的街上。

貝爾托特．席斐爾——這是他剛才報上的名字。

名片上的名字並不是父母取的，而是假名，取自喜歡的戲劇配角之名。約莫四年前，他在追查奧蘭多商會會計士的不法行為時，就取了這個名字。畢竟名字這種東西，多幾個會比較方便。至少對於做這種工作的人來說是如此。

他做的是蒐集傳聞的生意，亦即挖掘某人想知道的消息，經過適度的誇飾後賣出。雖然誇飾的程度會依買方不同而有所差異，但貝爾托特這次的客戶是專門刊登八卦新聞的大眾報紙，也就是說，過度誇飾才好。

算不上發財，但他認為是一樁穩定的生意。畢竟商品是別人的名譽和安寧。既然是別人的東西，那不管怎樣拋售，自己都不會感到心痛。

「哦，對，就是說啊，我也很想趕快拿到新聞題材啦。話題的腐敗速度可是比鮮魚還要快呢。我要趁掉價之前賣掉啊，這一點我們是相同的吧。」

聽筒那邊傳來喊叫聲，但他沒放在心上。

「不過，要是沒看腳下只管往前衝，只會跌倒弄掉貨物而已。這裡就交給我來處理吧。」

他單方面講完便切斷了通話，然後把話筒放回牆上，嘆了一口氣。

那是投幣式雷動遠話機，雖然不能像通訊晶石那樣無視距離，甚至連影像都傳過去，但相對的，這是在市井——僅限於有鋪設專用雷線的萊耶爾市內——很普及的三十八號懸浮島獨門技術。如今大半技術人員都已經逃離萊耶爾市，這些遠話機處於一旦故障就沒人修的狀態，但依然勉強運作著。

這是即將消失的技術嗎？還是說會透過出走技術人員之手，在其他都市重現呢？

（不管怎樣——相同的東西也回不來了。）

用銅板拼貼而成的街景。每走一步，都會響起別處聽不慣的腳步聲。

完全沒有人的氣息。畢竟這裡是據傳近期可能會墜落的懸浮島。幾乎所有居民都已經離開，現在還留在這裡的，只有做好覺悟的人，以及一部分可以藉此獲利的人而已。

他想起採訪對象。

英雄種族。黃金妖精。無徵種少女。

擁有值得一賣的名譽的**他人**。

有人欣然接受她們存在的事實。

同樣地，也有人表示拒絕。

表與裡，光與影。民眾的情感就是這樣毫無道理地形成的，而且他們絕對不會對自己的情感抱有懷疑。隨心所欲地對蔚為話題的英雄吹毛求疵，意圖謾罵嘲弄。若在這時候寫一篇正中他們下懷的八卦報導，想必會賣翻天。

如果只是要賣，混雜誇大和虛構的成分在內容裡並不是什麼大問題。然而以長遠的目光來看，還是交出真實存在的新聞題材比較利於收入。

再者，該採訪的對象不是只有護翼軍。現在要談論他們的事情，就該連同周遭環境的資訊一起蒐集起來。具體來說，就是採訪那些否定、指責護翼軍的人，也就是要顧及表裡雙方。

要做的事情很多，今後的路還很長，但新聞題材的新鮮度沒辦法保存那麼久。雖說感覺會是一筆大收入，不過這份工作可相當累人。

「算了，就耐著性子慢慢擺平吧。」

他一邊調整帽子的位置，一邊朝酒館的方向走去。

當然，這種時期仍在營業的酒館只有寥寥幾家，而且每家都是喝一杯廉價酒就要價不菲。雖然考慮到口袋深度還是會讓他有一定程度的猶豫，但他沒有不喝的選擇——

——雙腳擅自定住。

（怎……）

猶如酩酊的一瞬間，他開始搞不懂自己身在何處。

周遭景色沒有改變，依然是金屬製的陽剛街景。然而，因為寒意而倒豎起來的全身毛髮，正在向他訴說與這幅光景不相符的結論。

那就是，這裡是凶惡猛獸的獵食場。

（我被盯上了？）

他將寒意解釋為殺氣，然後尋思有可能會對自己下手的對象。由於職業緣故，他想到了幾個名字。但是，他一直很小心地提防那些人，避免引發殺身之禍，所以應該不至於追殺到這裡。

不——他立刻意會過來——不對，事情不是這樣。

事實只有兩個。這附近有某種危險的東西，而且是能夠輕易殺掉弱小狐徵族的猛獸類。這就是貝爾托特目前置身的狀況全貌。

只不過，死亡的可能性，也就是單純的危機感非常強烈，甚至讓他把僅僅是存在那裡的氣息誤以為是衝著自己而來的殺氣。

（是野狗嗎？下山到人群遷離的萊耶爾市找食物？）

室內之所以比野外安全，是因為有人在。人潮離去的城市，就和荒野中央沒什麼差別。因此他認為很有可能是野狗，然而——

（不……好像不對……？）

蒐集傳聞所累積下來的經驗，讓貝爾托特嗅到了什麼。

他的視線前方，有一條略髒的狹巷。

凝神一看，他便明白那裡面有東西。那是一個黑漆漆的、有危險的、來歷不明的、只能說是「某種事物」的東西。

他咕嘟地嚥下一口唾沫，感覺特別苦。

他可以肯定的是，現在還來得及逃走，那傢伙不會追上來。只要逃到安全的地方，就能用一杯難喝的廉價酒沖掉喉嚨的刺痛感。這是非常吸引人的選項，不過……

（要是搞錯了怎麼辦？感覺這是超猛的新聞題材啊——）

咕嘟一聲，他這次是憑自身意志吞下了口水。

「呃……不好意思，那邊那位……」

他踏出一步。

對方在黑暗之中，對貝爾托特的聲音起了反應。

於是，黑色的某種東西——「妖怪」緩緩地起身。

「末日的箱庭」

-approaching worldend-

1. 三年前的五號懸浮島，或是護翼軍通訊室的對話

五號懸浮島是什麼地方？

對於這個問題，許多人應該都會回答那裡是「神域」。換言之，那是除了被選上的人以外，連靠近都不行的禁域。雖然不像四號以下懸浮島那樣是物理上接近不了的祕境，但說到底，本來就沒什麼人會想靠近這座島。

對事實有一定程度了解的人，應該會給出更具體且接近實情的回答吧。總之，說得直白粗暴一點，五號懸浮島就是大賢者的私邸。

然而，對他有稍微多一點了解的人，會答出些許不同的答案。

（五號懸浮島既是大賢者史旺．坎德爾的私邸——）

比如說，菈恩托露可．伊茲莉．希斯特里亞。

這名少女不僅是黃金妖精，並且也師從大賢者，還曾經短暫待過那座五號懸浮島，想必她會這樣回答那個問題。

（——同時也是他按照自身期望所打造而成的小小監獄。）

大賢者的存在具有龐大的影響力。他的一舉一動、一言一行，都會輕易地在懸浮大陸群掀起波瀾。因此他選擇把自己關在五號懸浮島，以隱士的身分過活。在超過五百年的漫長歲月中，他都是如此度過的。

也許是因為這樣，基本上都是封鎖起來的五號懸浮島，有時候也會接受訪客進入。

護翼軍有一個負責聯絡的軍人，擁有任意進出五號懸浮島的權限。那就是巴洛尼·馬基希一等武官。他的其中一個權限，就是發現能夠影響懸浮大陸群前途的人物之後，可以自行判斷是否引薦給大賢者。當然在預想中，這不是經常有機會行使的權利——畢竟那樣的大人物不會那麼頻繁出現。然而，巴洛尼·馬基希卻以一個月一次的頻率，將他精挑細選的奇人異士帶來五號懸浮島。

當然，不知該說是耐人尋味還是風格獨特，大部分的人確實都不是泛泛之輩。但菈恩托露可認為，要說他們全都是足以左右今後的世界歷史的傑出人物，未免言過其實。不過，她自己也是被帶進去的其中一分子，所以她並沒有說出這一點就是了。

那是三年前的事情。

「這個人太讓我頭痛了。」

菈恩托露可當時有點不高興。

某個領域的高手未必能成為好老師。據說，具備的天分愈高，或者愈會憑直覺來掌握訣竅的人，反而愈難引領後進學習。因為他們不知道該如何說明，才能把自身技術傳授給沒有相同才能與直覺的對象。

即便是偉人還是超越者，似乎也違抗不了這個道理。大賢者史旺・坎德爾不太能算是好老師。他講的每一句話都艱澀難懂，用手指頭所描繪的印章——稱為咒蹟(Thaumaturgy)——一個個都太過複雜，菈恩托露可千辛萬苦耗費大把時間才弄懂一切。

「他說，就這樣持續修行五十年的話，便能學完所有從前被視為奧祕的法術。」

在花卉齊開盛綻的室內庭園，圍著白色圓桌的茶會中，她如此發著牢騷。

不用說，五十年的時間太過漫長了，對短命的妖精而言更是如此。也就是說，大賢者這句話幾乎不具意義，菈恩托露可講出這件事也真的只是在發牢騷。然而——

「哇！」

坐在圓桌對面的女子拍拍手，銀色眼瞳綻放出光采。

「只要五十年耶！菈恩托露可小姐有著非常出色的才能呢！」

住在五號懸浮島的大賢者有幾名親信，她是其中接近領頭人物的一個。

認識她後過了一週左右，菈恩托露可就在閒聊時問起她的經歷，包含她是銀眼族(Prima)這支相當長壽的種族——似乎是鮮為人知的稀有族群——等有關出身的問題。另外就是她出生後一直在與世隔絕的環境下長大，直到**最近**才侍奉在大賢者身邊。

菈恩托露可後來才知道，銀眼族是只有女性的稀有種族，為了照料舊世界的世界樹而被創造出來。而且也不單純是長壽，她們根本連壽命的概念都沒有。過半數的銀眼族是由星神直接創造出來，與世界本身一同增長年齡。

『不不不，我算是例外喲。奶奶她們確實是這樣沒錯，但我年紀最輕，真的是最近才剛出生的。』

這是她本人對於這件事的說法。不過——

『我是在世界樹因為大破壞而枯萎後，被帶進懸浮大陸群的一株小苗木上出生的。所以說，我比大賢者閣下還要年輕一點喲。』

她接著這麼說道。

菈恩托露可心想完了。彼此對年齡的思考方式有著致命性的落差，她不覺得自己跟對方能夠相互理解。並且——

『我周遭沒什麼年紀相近的女性，所以菈恩托露可小姐能來這裡真的讓我非常開心。我們能不能當好朋友呢？』

對方帶著燦爛笑容說出這番話，導致她連該怎麼回應都不曉得。

（種族只有女性這一點，確實會產生些許親切感就是了……）

儘管這是茶會，但只有菈恩托露可手邊才有咖啡杯。據說銀眼族是僅憑沐浴月光和喝水就能生存的種族。所以這名女官手邊只有裝著冰涼清水的玻璃杯。她自己明明不懂咖啡的味道，卻很努力地學會了泡出好喝咖啡的方法。

「五十年可不能說『只要』啊，銀詰草。」

菈恩托露可感到頭痛地叫出女子的名字。

銀詰草不是她的本名。聽說長老在她誕生時所取的名字，光是完整唸出來就要花上三天三夜。因此，考慮到平時的方便性，身為主人的大賢者便親自賜予她這個通稱。

這一族的時間觀念到底有多脫離現實啊？大賢者的命名品味又是怎麼一回事？菈恩托露可想說的話實在太多了，反而什麼也說不出口。

「啊，抱……抱歉，說得也是。」

她面紅耳赤地慌了手腳。唯獨這副模樣，菈恩托露可能夠認同是符合外貌的年輕女性會有的反應。

「哎呀，有茶會？」

毫無氣息——而且連靠近的腳步聲都沒有，菈恩托露可背後就冒出了另一名女子的臉龐，嚇得她抖動了一下肩膀。

「真好呢，我可以加入嗎？」

「原來是歐黛小姐嗎？」

她一字一字地叫出那名女子的名字。

「偷偷摸摸地站在別人背後，可是有失禮儀的行為喔。」

「對不起，因為菈恩嚇到的樣子實在太可愛了，我忍不住嘛。」

「別想用這種話糊弄過去。而且我叫菈恩托露可，請不要用簡稱。」

那名女子「嘻嘻嘻」地露出模稜兩可的笑容，並輕浮地回了聲：「好啦～」

她是歐黛．岡達卡，和菈恩托露可一樣由巴洛尼．馬基希帶來這座懸浮島，是大賢者的客人。雖然幾小時前才剛簡單地介紹過彼此，但該說她莫名大方友善嗎，總之表現得太親暱了。

「話說，大賢者閣下呢？」

「他還沒有回來。目前沒有接到他遇上麻煩的消息，所以應該不會太晚回來……妳能不能再等一會兒呢？」

「好，當然沒問題。我讀到了很有趣的東西喔，拿來打發時間都嫌太浪費了，真想一直待在這裡呢。」

歐黛輕浮地說完後——未得允許就拉開椅子入座。她向銀詰草拋了個眼神，銀詰草輕笑幾聲後，便去準備新的咖啡杯。她的厚臉皮已經超出令人傻眼的程度，讓人不禁失笑。之所以不會感到不快，不知是因為氣質還是品德，抑或是一種話術。

「有趣的東西是指什麼？」

菈恩托露可問這個問題，與其說是感興趣，不如說是隨便找個話題聊聊而已。問完後，她察覺到自己內心正期待著對方的回答——原來眼前這名女子的舉動引起了她的興致。

「其實我本來是想瞧瞧封印倉庫啦，但被拒絕了。」

理當如此。

「沒有辦法，我只好去訪客專用書庫叨擾了。那裡真的是一座藏寶山呢。雖然存放的書籍本身並不是什麼機密，但到處都夾著大賢者的親筆字條，光是尋找那些字條就讓我忘記了時間呢。」

「嗯……」

菈恩托露可深深地點了點頭。她自己也經常使用那個書庫，而且每當發現大賢者（字跡端正）的字條之際，她就會悄悄將內容抄寫到手邊的筆記本上。

「有什麼特別引起妳興趣的東西嗎？」

「每個都很棒喲，像是不讓蘭花枯萎的栽培訣竅，真是太厲害了。」

那個的話，菈恩托露可也記得自己看過。避免過度澆水的小提醒以極其豐富的知識來佐證，寫滿大量又詳盡的科學性註解。

「除此之外……對了，還有〈十七獸〉的相關描述。包含所有〈十七獸〉的名字和取名的理由，以及預測未發現的〈獸〉可能擁有的生態。」

「——所有……〈獸〉的……名字？」

她不記得有那種字條，因此不由得一字一頓地這麼問道。

大概是對於她受到話題吸引感到很高興，歐黛用有點雀躍的嗓音繼續下文。

「是的。原本就住在這個世界的〈原始獸群〉別說是生命，根本連作為物質存在於形而下都難以定論。地神們對世界進行大改造之際，將素材嵌入〈獸群〉做出人族（Emnetwint）。而後在時光流逝之間，他們發生了變質。人族的特性，通往死亡的十七種途徑受到末日的存在方式影響，以內包的形式物質化。大賢者直接和構築世界的當事人——黑燭公（Ebon Candle）交談，分析人類這支種族的設計圖與十七種崩壞因子，查明遲早會出現的〈獸〉全貌。」

菈恩托露可也曉得這方面的事情。

尤其是前半部分，她與大賢者初次見面時就聽他講解過。雖然她當時覺得這還真是一顆震撼彈——不對，即使現在聽到也不改震撼彈的印象，但暫且不談這個。

「悔恨即是受縛於過去的內心，捨棄了未來，禁錮住現在。然而，那無異於追求遙不可及的月亮。縱然喊出再多思念的話語，也只是無法傳遞給任何人的悲愴獨唱曲……由於存在著這種通往死亡的途徑，便推測會出現以〈嘆月的最初之獸（Chantre）〉為名的獸，並預先賦予它這個名字。其他獸也差不多是如此。」

歐黛明明才在書庫待不到幾小時，卻似乎精讀了相當多的內容。換作一般人，光是看到剛才那種和懸浮大陸群的居民常識大相逕庭的創世神話，大概就會被頭痛與酩酊感困擾半天。

「希望之光才是引上死路的鬼火，這種擁有天光之名的〈獸〉也在預測之中；憑藉屹立不搖的意志試圖遵循正理，而如此的決心封鎖住可能性，這種擁有信念之名的〈獸〉同樣在預測之中。再來是……」

忽然間。

茶杯從桌上掉落，隨著尖銳的聲響化為粉碎。

歐黛說到一半被打斷了。

菈恩托露可一瞬間沒意會過來發生何事。只見銀詰草忽然站起身，勢頭猛得差點撞倒桌子。

她的臉色很差。憤怒，不對，應該是緊張吧，總之有某種激烈的情感令她表情僵硬，以她而言是非常罕見的模樣。菈恩托露可瞬間以為歐黛觸及了什麼禁忌，但看來並不是。女子的銀瞳筆直地對著庭園外面——從這裡無法直接看見的遼闊天空。

「怎麼了？」

她嘗試詢問道。

銀詰草沒有回答，或者應該說她看起來根本沒聽到，就這樣衝了出去。儘管菈恩托露可愣了一瞬，但和歐黛互看一眼後，她便追著銀詰草的背影奔去。

異變果真從天空過來了。

沒必要跑到小型港灣區，因為那名來客張著猶如霧靄一般朦朧但傷痕累累的幻翼，從外接迴廊的大窗衝了進來。對方不慎弄掉用破布包起來的大型物件，就這樣筋疲力盡似的頹然倒在地上。

看到那個身影，菈恩托露可頓時語塞。那小巧玲瓏的身軀以及沒有生氣的灰髮，她不可能忘記，也不可能看錯。但是，那個身影不應該出現在這裡，因為那是理應已經消失於世的——

「奈芙蓮小姐！」

銀詰草這聲大喊，把菈恩托露可拉回現實。

那個身影及名字，與她心中所想的一致。奈芙蓮．盧可．印薩尼亞。照理說在過去的戰役中消殞的一名妖精兵。

到底是怎麼一回事？這個問題就要迸出喉嚨，但她忍住了。現在不是時候，她以此判斷為優先。

「二……號……」

大窗的另一邊狂風呼嘯。她聽不清楚奈芙蓮的微弱嗓音。

她奔過去抱起奈芙蓮，將耳朵貼近。像這種意義不明的情況，當然有可能是某種稀奇古怪的陷阱。但就算如此，擁有友人形貌的對象所拚命訴說的話語，她不想眼睜睜地漏掉任何一句。

「二號島……墜落了……從翠釘侯(Jade Nail)體內跑出了〈獸〉……」

她陡然一驚，耳朵更加貼近。

「連星神、地神們也……還有大賢者……都被吞噬了……」

這名突然闖進來的不速之客，講出口的話令人聽得一頭霧水。她的理解跟不上狀況，但唯一能肯定的是，她絕對不能漏聽。

「大陸群……也完了……但是……我會努力看看……」

她將奈芙蓮的一字一句，甚至一絲氣息都不漏地聽進耳中。

將這個極為不祥的消息，舊友宣告懸浮大陸群末日到來的每一個字都聽清楚。

風從破掉的大窗灌進來。她將奈芙蓮掉落的大型包裹的破布稍微解開，往裡面一探，便看到黑髮無徵種青年的亡骸。

「黑瑪瑙先生……怎麼會？」

銀詰草倒抽一口氣，說出了似乎是那個人物的名字。不過，和菈恩托露可所認識的那個男人的名字很不一樣。

（啊，真是的！這是什麼情況？到底是怎麼一回事嘛！）

現在應該要把混亂和錯亂擱到一旁，先掌握住情況才對。儘管她明白這一點，但眼下涵蓋的資訊量太多，她的大腦跟不上。

不知奈芙蓮是否有察覺到菈恩托露可的狀況，只見渾身是傷的她，那張奮力的表情有一瞬間緩和了些。

「大家……要好好保重喔。」

接著，她閉上了雙眼。

這是怎樣？所以是什麼意思？妳突然冒出來說這個做什麼？用不著妳擔心我們過得很好一看就知道了既然還活著為什麼不來看我們呢說到底妳自己看起來才一點也不好吧。

菈恩托露可把這一切都硬吞回去。

「……奈芙蓮？」

然後呼喊她的名字。

沒有回應。

沒有呼吸，也沒有心跳。

忽然間，歐黛．岡達卡的臉龐映入她的視野之中。

這個女人並不認識奈芙蓮，只是碰巧在場而已。然而她的表情很嚴肅，雙眼圓睜，視線直勾勾地盯著奈芙蓮的嘴唇。她是為了聽清楚奈芙蓮組織的字字句句，甚至連不成聲的部分都不錯過。

菈恩托露可覺得這個女人正在思考。

從至今為止的短暫互動中，她就推測出歐黛是個腦筋轉得很快的女人。即使面對有點棘手的難題，她應該也會在瞬間得出結論，並立刻付諸實行。

而她現在拚命地思考著，連裝表情的打算都沒有。

思考如何掌握情況。

思考如何解讀奈芙蓮的話。

思考那番話語的真偽，以及懸浮大陸群目前可能處在什麼狀況中。

在這樣的狀態下，她還以驚人的速度與密度不停思考自己能做的事情，還有自己該做的事情——

†

現下。

菈恩托露可借用護翼軍的通訊晶石，正在與同伴交換情報。

科里拿第爾契市如今以緹亞忒為中心，發生了形形色色的事情。

首先，英雄旋風已經持續了好幾天，但熱度和話題都沒有衰退的跡象。今早發行的報紙頭版就大大地刊登著英雄在典禮上和市長女兒握手的照片。美女圖畫家接二連三地發來模特兒的邀請，還有劇團表示想把這次的戰役改編成戲劇，甚至還提到要拍進映像晶石中。當事人沒辦法跟上狀況，一直處於頭暈目眩的狀態。

另一方面，本來就持不同立場的人們的反應也愈發激烈。換句話說，那些人無法坦然接受英雄的誕生，反而心生排斥，表現出赤裸裸的敵意。而他們也開始引發難以忽視的軒然大波。

事態至此，英雄便被禁止隨意行動。於是，緹亞忒受到嚴密的保護，被留在護翼軍的一處設施中。名義上是讓她待命，實際上則形同把她保管在堅固的金庫內。

——聽到這裡，艾瑟雅的第一個反應如下：

『所謂的美女圖，是不用挑模特兒就能畫的嗎？』

就是如此。

菈恩托露可有相同的想法，但也許是出於最低限度的善意才沒說出口，或者應該說這是她對可愛妹妹的體貼。

儘管嘴上開著玩笑，艾瑟雅的嘴角卻有些僵硬。她應該還沒有完全從菈琪旭的相關消息中振作起來吧。連這部分都看得一清二楚是通訊晶石這種道具的優點，亦是缺點。

不管怎樣，菈恩托露可切入正題。

「這邊發現了歐黛．岡達卡離開城市的痕跡。她的下一個目的地很有可能是萊耶爾市，也就是妳們那裡。」

『嗯……』

艾瑟雅垂下肩膀。即便年齡和身高都增長了，不再適合做這種誇張的反應，但她在這種時候的舉動依然一如往昔。

『歐黛小姐就是剛才提到的那位可疑到爆的大姊吧。不僅是費奧多爾四等武官的親姊姊，也是被視為艾爾畢斯事變的罪魁禍首的妻子，而且……』

菈恩托露可點點頭。

「她也是三年前聽到奈芙蓮拚死帶來的消息的三人之一，最早知道懸浮大陸群即將毀滅的其中一人——」

『後來，她不曉得用什麼方法從奈芙蓮身上套出連菈恩妳們也不曉得的情報，還從封印倉庫帶走大量超危險物品，甚至籠絡了好幾個護翼軍士兵，大搖大擺地從遭到緊急封鎖的五號懸浮島逃出去，實在是個怪異人物……事情經過就是這樣沒錯吧？』

「對，雖然我不想承認，但遺憾的是字字句句皆屬實。」

她這麼答完後，忽然有一件事想問問看。

「對於她這樣的人物，妳是怎麼看的？」

『難講耶～畢竟我沒有直接跟她見過面嘛，光憑聽來的說法實在無法評論。』

「講印象就可以了。」

『唔～如果只談我聽完那些陳年舊事的感覺，我覺得撇除心腸、秉性、本性和性格不看，她應該不是壞人喔。』

「嗯。也就是說，她跟你是同類。」

透過影像，她看到艾瑟雅的表情似乎有點受傷。

『先不談我啦。她可能是那種腦筋太聰明導致不幸的類型吧。真的有必要時，她可以為達目的不擇手段。捨棄良善、倫理和感情等一切，做出決定而採取行動。常人在那些東西的限制下所料想不到的點子，也能列為等價的選項。像這種能夠體現朝著目標一直線前進的完美聖人……是我打從心底不喜歡的類型呢。』

這就類似於同類相忌嗎？

……這個問題來到喉嚨跟前又吞了回去，畢竟這樣問實在太壞心眼了。

「她根據從奈芙蓮那邊套出的情報，獨自展開了行動。以我們沒有掌握到的情報為基礎，得出我們沒能推算到的結論。然後不斷做出旁人眼中單純是在各地引發騷亂和混亂的行為。」

她搖了搖頭。

「她下一個目的地是妳們的戰場，無論如何請務必多加提防。雖然只能給予這種抽象的忠告讓我很惱火，但除此之外沒什麼可說的了。」

『呀哈，我知道了啦。不過，雖然我打從心底不喜歡跟那種人交手，卻也不是不擅長喔。』

艾瑟雅又講了令人費解的話，但她還是有聽出言外之意。

『妳猜得到她是怎麼從蓮那裡套出情報的嗎？』

「儘管以往都找不到原因，現在倒可以推測她應該是使用了墮鬼族的瞳力。一般都知道那是魅惑之力，讓人產生自我混淆的惡夢。即便有傳聞說那種力量在近世代已經消失了，但看來她是能夠運用自如的。」

『哦……就是她弟弟也用過的那個啊。』

艾瑟雅望向遠方。關於這部分的事情，菈恩托露可也略有耳聞。費奧多爾・傑斯曼體內有菈琪旭，菈琪旭體內也有費奧多爾。這讓差點消逝的菈琪旭勉勉強強維繫住生命，而費奧多爾則因此變得衰弱，朝死亡接近。

心靈交融，甚至共享生命。從兩位當事人的角度來看，這或許還有點浪漫……但在留下來的人們眼中，這完全不是什麼美好的回憶。

「如果我的推測沒錯，就表示她現在體內可能有奈芙蓮的一部分。聽起來不太妙就是了。」

『哦~也是啦。本來就不該把別人的心靈納入體內，說不定哪天就被篡位了嘛。』

「妳不要說那種令人不知該做何反應的笑話！」

她半是認真地發出近乎尖叫的聲音。

「……我很著急。就算想回去看看奈芙蓮的情況，五號懸浮島也已經封鎖起來了。聽說連巴洛尼・馬基希先生都不能隨意出入。」

『對，妳不介意聽聽近況的話，我有從那個人身上打聽到喔，就是銀詰草小姐。她把那個裝著**黑瑪瑙**的箱子送過來之後，就一直待在我們基地裡。』

她倒抽一口氣。

「她說了什麼關於奈芙蓮的事情……」

『好像沒有變化的樣子。她被安置在五號島的內部對吧？依然以形同屍體的狀態，靜靜地沉眠在那裡。』

「這樣……嗎？」

菈恩托露可當時所看見的奈芙蓮・盧可・印薩尼亞，相較於過去的她，已經產生了相當大的變質。她在地表失蹤後，〈獸〉的因子不知何故寄宿在她體內。由於和不死不滅的存在混合在一起，那具肉體忘卻了死亡，似乎還連帶忘卻了成長。明明從那之後過了好幾年，她的外表卻完全沒有變化，除了其中一隻眼睛寄宿著詭譎的金色光輝以外。

（——這麼說來，威廉．克梅修臨終之際，另一邊的眼瞳也閃耀著金光。）

與當前無關的回想一掠而過，菈恩托露可感到胸口一陣刺痛。

「應該將維持現狀視為好消息吧。我們現在只能在自己的道路上前進……並沒有餘力回頭。」

『嘴上這麼說，妳剛才可是問得很積極耶。』

「我……我又不是在擔心她，是因為必須了解情況才能正確地掌握住現狀！請妳不要開這種莫名其妙的玩笑！」

『哎呀～菈恩妳還是老樣子呢。』

這是什麼意思？她用力壓下想爭論的衝動。她告訴自己，愈是追究，只會陷得愈深而已。當然她問心無愧，所以本來就不存在什麼會陷進去的泥沼。

『不過，我倒是贊成做該做的事啦。應該說這才是困難所在吧，明明狀況錯綜複雜到無以復加的地步，確定的情報卻少之又少，沒辦法徹底掌握住。簡直就像東缺一塊西缺一塊的拼圖。』

「這不是妳最擅長的嗎？」

『沒有啦，如果只是興趣，再怎樣都能掰出一套道理，也可以提出假設。但在這麼沉重的狀況下，我的臉皮還沒有厚到可以當遊戲來玩。』

「這種個性真吃虧。」

『被妳這麼說也很可憐啊……』

這句話看來是出自艾瑟雅的真心，而菈恩托露可則說：「不是的。」再次搖了搖頭。

「如果不用興趣或玩樂的角度來思考，理所當然無法直視這個註定邁向滅亡的世界。既然如此，看開一點就可以了。」

『…………菈恩。』

「還不如反過來讓世界配合自己的生存之道。雖然沒辦法中途放棄，但既然一開始就沒打算退出，那就是一樣的吧。」

菈恩托露可說了聲「所以」，沉默一會兒後，繼續道：

「妳最好再稍微學著用玩笑的方式過生活吧，艾瑟雅。」

『嗯～……』

艾瑟雅無力地露出一貫的「呀哈哈」笑容。

『這個忠告還真是新鮮呢，謝啦……』

2. 潘麗寶・諾可・卡黛娜

心情實在很不舒暢——

之所以會有這個感覺，潘麗寶認為是因為自己比較偏向遲鈍的類型。本來的話，不應該僅止於這種程度的感想。

上等相當兵。

擁有相當於上等兵的權限，但不是上等兵。

被授予這個頭銜的人很少。明明必須經過非常困難的手續才能批准，但如此大費周章才授予臨時職位的動作並不具備多少意義。因此，護翼軍大部分軍人連這個制度都不曉得。那些人雖然隸屬軍隊，與軍人同進同出，但被要求在軍中保持異類的立場。

以塔爾馬利特上等兵而言，無論他內心怎麼想，至少態度依舊如常；其他許多士兵，尤其是在操練場進行訓練時認識的人們也一樣。但他們並非全部。整個基地的氣氛，還有投向她們的視線確實改變了。

潘麗寶・諾可・卡黛娜上等相當兵和可蓉・琳・布爾加特里歐上等相當兵都不是上等兵。大家似乎事到如今才在確認她們是這個地方的異類，明明彼此在昨天之前都還能當一般夥伴、一般鄰居。

午休時間。

雖然去餐廳也不錯，但因為天氣很好，她們便選擇在戶外用餐。來到視野遼闊的兵舍頂樓，拿儲備用的木箱當作椅子，打開便當盒。

「——是說莉艾兒她啊。」

可蓉一邊咀嚼生菜沙拉，一邊開口提道。

「就算要送她去妖精倉庫，她卻怎麼也不肯上飛空艇。」

「是啊……」

潘麗寶一邊回答，一邊啃食被各種香辛料塗抹成斑點紋路的麵包。隨著咬到的地方不同，味道也會隨機發生變化。在吃下去之前猜不到是什麼口味，這就是所謂的驚喜箱麵包。儘管總括而言算不上美味，但吃起來很有趣。

「不管是能夠順路隨行的尉官，還是剛好要飛往六十八號島方向的飛空艇，都沒有那麼好找啊。」

「素啊。」

可蓉的臉頰被大量葉菜塞得鼓鼓的，並用認真的表情點點頭。

「守以，偶有個賞法。」她吞了吞。「這場戰役結束後，我們一起帶她回去吧。」

這真是個——奇妙的提議。

與此同時，潘麗寶也認為確實只有這個辦法了。莉艾兒之所以不肯離開這裡，是因為她覺得自己在等的人總有一天會回來。要是和陌生人一起去了陌生的地方，她會有一種與自己所等待的人切斷了連結的感覺。

然而，如果有可蓉和潘麗寶陪同，她或許就能接受了。只要那六個一直和莉艾兒在一起的人伴隨在側，某種程度上她應該就願意相信彼此之間的連結了。

「說得也是，可蓉，如果有妳在——」

「是我們啦。」

那語氣既冷靜又沉重。

可蓉打斷了潘麗寶的話語。

「菈琪旭和費奧多爾前往他們所追尋的地方，在那裡奮戰，然後結束了。他們應該心滿意足了吧。而我……決定接受這一切。」

「可蓉。」

「但是潘麗寶，妳就算奮戰到結束，也不會就此感到滿足吧。因為妳根本沒打算藉由贏得戰鬥來獲取什麼。」

潘麗寶咬一口麵包。滿滿的苦辣交雜的滋味在口中擴散開來，感覺眼淚都要飆出來了。她仔細咀嚼後吞下，再用水壺裡的水沖掉餘味。

「——真是敵不過妳啊。」

她低聲吐出這麼一句回答。

「妳的推測很精準。我並沒有在追求勝利後要得到什麼。真要說的話，我只求一個恰當的結局。趁著我的人生仍充滿幸福的時候，趁著褪色黯去之前，得到結論。」

「妳……」

「我不是想要自取滅亡，跟那個有點不一樣。」

說起來，這方面的話題她從來沒跟誰提過，連可蓉都沒有。

「我呢，在很久以前曾經一度找到完美的幸福。但是，裝著那個幸福的容器已經被鑿穿一個洞。唉，我不太會說明……」

可蓉靜靜地聽著。

「妳還記得瓦蕾希嗎？就是那個年紀比緹亞忒大一點的。」

可蓉沉默著點點頭。

緹亞忒、菈琪旭、潘麗寶以及可蓉。從前，有一段時期這四人組還有第五人。而那個「第五人」在她們的年紀比現在還小非常多的時候，就發生意外而離世了。

她並沒有什麼難過的感覺，這是妖精之常情。看到當時剛來妖精倉庫的妮戈蘭流下眼淚時，她還感到很奇怪。然而……

「——悲傷應該是一種特別的情感吧。我那時候就察覺到了，原來我確實是幸福的。在少了一個人，燦爛的光輝開始削弱之後，我才終於發現這件事。」

潘麗寶又咬下一口。沒有味道。

「除此之外還有一點。我明白了幸福一旦出現裂痕，後續只會不斷崩毀。就像是從指間滑落的細沙一樣，即便握緊拳頭也無法阻止。燦爛耀眼的只有過去，指間掌握住的是現在。所以，我對未來無法抱有任何期待——」

「潘麗寶，妳……」

「我再說一遍，我並非想尋死。不過我也沒有積極地抗拒死亡的意思。自己是否度過了美好的人生，唯有人生終結之際才能透過回想來判斷。而我想度過美好的人生。」

可蓉緩緩地嚼著炙烤鴨肉。

「……我懂了。可是，我無法接受。」

「嗯。我就知道妳會這麼說。」

感覺好像卸下了一點沉重的負擔。潘麗寶微微一笑。

在午休時間的尾聲，潘麗寶跑去偷瞧莉艾兒的情況。

莉艾兒很安分。她坐在地毯上，把一顆彈力很好的球抱在肚子前面，呆呆地仰望著半空中。

「莉艾兒？」

潘麗寶喊了一聲，但沒有回應。

她走過去，輕輕地拍了拍莉艾兒的臉頰，這次總算有反應了。只見莉艾兒連連眨眼後，眼睛聚焦。

「啊呀？」

「莉艾兒，怎麼了？會睏的話，就去床上睡呀。」

「嗯？嗯～……嗯。」

莉艾兒不知為何偏過頭，露出完全不明白怎麼一回事的表情，但不久後，她便慢吞吞地站起來，乖巧地往床鋪走去。

「……莉艾兒，問妳喔。如果是跟我們一起，妳願意去妖精倉庫嗎？」

看著那個蠕動著打算蓋上毛毯的背影，她試著這麼問道。

「菈琪旭和費多爾，也會來嗎？」

那個小小的背影用這個問題來回應。

「哦——這個嘛。之後可能會來吧。」

「我去。」

莉艾兒秒答。

†

艾瑟雅下達的禁足令解除了。

戰況沒有多大的改變。不過，戰況以外的周邊狀況倒是出現了一點變化。

喧囂乘著風傳了過來。

雖然不曉得詳細內容，但至少可以從語調聽出來是伴隨著怒火的攻擊性事物。

「那裡在幹麼？」

潘麗寶望著那邊的方向，喃喃吐出這個疑問。

從方向和距離來看，騷亂的中心是軍用地的正門前。一大群人擠在那個地方未免太不尋常……而且，像那種足以形容為蜂擁而至的人數，實在難以相信是出自那座化為鬼城的萊耶爾市。

「一群愚民。」

操練場一角，塔爾馬利特上等兵暫停訓練前的運動，低聲這麼答道。貓徵族(Ailuranthropos)的肌肉非常柔韌，那鍛鍊得宛如巨樹一般的身體自在地拉高伸展的模樣，相當有看頭。

「真是不平靜啊。為什麼他們會來這裡？」

「妳們的情報公諸於世了。既然有人把妳們視為英雄，同樣地，當然也會出現反彈的聲浪。」

「哦——嗯，也是。」

她想了一下，立刻就理解了。

應該說，這是打從一開始就知道的事情。為何要將黃金妖精當作祕密武器？為何沒有廣泛地公開情報？其實，單純是因為太多人難以接受罷了。

「所以群眾才會聚集起來，吵著要把突然現身又擺出英雄架子的我們拉下臺。」

「妳們有在擺架子喔？」

「沒有。但在他們眼中是這樣吧？」

「——也對。」

塔爾馬利特不悅地啐道。

「既然妳理解這一點，那我也不必多嘴，不過，妳千萬別去激怒他們啊。」

「我知道啦，我再怎樣也沒那麼不識相。」

塔爾馬利特的表情因為懷疑而微微扭曲。她想，他應該是不信任她。

「即便知道我們是機密兵器，塔爾馬利特上等兵也沒有改變態度。沒記錯的話，你一直很討厭無徵種吧。」

「我是有這個想法，而且還常常這麼想。不過也僅此而已。」

塔爾馬利特本人看似沒勁地低聲哼嗚一會兒，又說：

「小刀和大砲，妳覺得哪個兵器比較厲害？」

「要視戰場和運用方式而定吧。」

「那麼這就是一切。我已經知道妳們似乎不是小刀了，除此之外沒什麼好說的。」

「嗯。」

她聽得似懂非懂。

「話雖如此，並不是每個人都有相同的想法。即使是基地的內部，也未必就沒有贊同外面那群傢伙的同類人。別做出挑釁的行為。」

他態度一變，說出簡單明瞭的警告。

「我知道啦，我再怎樣也沒那麼不識相。」

與剛才相同的一句話，讓塔爾馬利特露出與剛才相同的表情。她想，他真的很不信任她——

「喝啊～！」

宛如裂帛一般，且令人失去緊張感的吆喝聲。同時間，某個龐大的東西飛過空中。

「唔噢噢噢噢！」

她用視線追著那東西與咆哮聲一起從視野左側飛往右側。那是一個狼徵族巨漢。若問巨漢為什麼會飛過空中，是因為他被穿著操練服的可蓉扔了出去。

隨著砰噠砰噠的巨響，巨漢在地上翻滾，直到狠狠撞上牆壁才停下來。汗流浹背的可蓉「呀啊～！」地揚起類似勝利歡呼的聲音。配合她本人的躍動，寬鬆地綁成一束的櫻色髮絲也活力十足地跳動起來。

「再來一場！」

「求之不得！」

可蓉很正向積極。

相較於滿臉光采地訴說夢想的緹亞忒，以另一層意義而言，她也是注視著明日而活。她知道「拚盡全力地活在今日，才能抬頭挺胸地迎接明日」這樣的生存之道。因此，她明白昂然抬首的重要性。

與此同時……她也害怕自己因為悲傷而停住腳步，沒有付出全力而浪費掉今日。她一直畏懼著一旦變成如此，自己可能就再也無法邁步向前了。

她沒有拋掉這份恐懼，在確實懷抱於心的情況下，依然勇往直前。

那股氣勢應該是來自於先前與潘麗寶的對話吧。她大概是解釋為，若要維繫住潘麗寶的幸福，她就必須比現在的自己更強大。

（——所以說，妳真的很強啊，可蓉。）

帶著發自內心的羨慕、讚賞以及些許落寞，潘麗寶淡淡一笑。

†

她沒有那麼不識相。

這句話當然不是謊言。她絲毫沒打算厚著臉皮跑到正門附近露面，激怒氣憤的群眾。

但是，一碼歸一碼，她還是想親眼確認外頭的情況。因此，她爬上離正門有一段距離的司令部樓頂，舉起從裝備管理課（擅自）借來的雙筒望遠鏡，窺探著正門的方向。放大好幾倍的遠景在眼前延展開來。

「哦哦。」

這幅情景相當有看頭。

近百人集結在那裡。有人振臂高舉拳頭，有人揮揚著標語牌，有人高聲叫囂著什麼；甚至還有人把看似垃圾的東西扔出去，越過鐵絲網落在軍用地內。

「話說回來，這還滿壯觀的嘛……」

「妳這怪癖也真是令人不敢恭維啊。」

身旁傳來一道傻眼的嗓音。她的眼睛離開望遠鏡，側眼一看，發現是戴著一等武官勳章的被甲族（Armado）——護翼軍第五師團總團長，而他也拿著望遠鏡眺望著同一個方向。

她決定還是別問他是何時出現的。

「妳對惡意和敵意就那麼感興趣嗎？妳好歹也是當事人之一耶。」

「不不不。正因為跟自己有關，我才能大搖大擺地在無害的距離下欣賞這一幕喔。畢竟我也沒必要顧慮他人的感受。」

她故作玩笑地這麼回答後，他就用了無興趣的語氣回了一句「那還真是了不起的心態啊」。看來他認為她在開玩笑。不過，她的回答確實摻雜一半以上的玩笑成分。

「不管怎樣，我們這一族以往都認為活在暗處是很理所當然的事情。既然現在似乎變得很受歡迎，我就想來實際感受一下。」

「受歡迎啊？」

他掏出感覺很廉價的香菸，叼在嘴裡，然後拍了拍軍服口袋，但沒有找到火。他向潘麗寶瞥了一眼。

「有火嗎？」

她搖搖頭表示沒有。

他落寞地哀嘆一聲，把香菸放回盒子裡。

「是很受歡迎吧，看一大群人把那麼大量的情感投注過來。至於情感的內容是什麼，朝著的方向是否正確，這又是另外一回事了。」

「姑且不論有沒有道理，妳這種思考方式還真令人擔憂未來啊。」

他感到無言似的嘆了口氣。

望遠鏡的另一端，毫不知情的人們僅憑剛獲得的少許情報，依然針對眼前的不滿持續高舉著拳頭。

潘麗寶覺得這是很幸福的景象。

他們活著。而且，不需要不顧一切地奮戰，今日與明日還是能活著。因此，他們才能像那樣朝著理應不是敵人的對象拋擲、發洩敵意。雖然會給人造成很大的困擾，然而當事人會帶著做完該做之事的滿足感，度過今天一整天。即使他們本身沒有自覺，但這不也是一段可以稱之為幸福的時光嗎？

（雖然那不是我想要的幸福，不過，單就他們能夠主動掌握住幸福這件事而言，或許讓我有一點羨慕。）

潘麗寶沒有出聲，只在內心這麼喃喃說道，然後閉上眼睛。

「聽說他們特地從其他懸浮島來這裡集結抗議。萊耶爾市長都苦笑了。因為託他們的福，景氣恢復了那麼一點點。」

哦，原來如此，還有這樣的事啊。

無論內容為何，活力就是活力。人群聚集起來後，飛空艇的定期航班、市內旅館以及餐廳多少都會增加客人。即使不到一百人，對於瀕臨油盡燈枯的萊耶爾市來說，這已經是非常謝天謝地的結果了。

「不管以什麼樣的形式，只要我們的存在能幫到他人，這就很值得感恩了。」

「妳講認真的？」

「誰曉得呢。坦白說，我自己也不太能理解這方面的事情。」

她哈哈哈地對他笑了幾聲。

「妳剛才其實不是在開玩笑吧？」

笑聲嘎然而止。

「在我看來，會說出自己能幫到他人就是幸福的傢伙有兩種類型。一種是真正的老好人，切身感受到自己的人生建立在許多人的善意之上，便認定自己也要將同樣的善意回報給其他人；而另一種就是無法肯定自己的願望，所以就這樣迎合周遭的期待而擔下職責，也就是所謂的乖乖牌。」

「——哈哈，我的人生當然是建立在許多人的善意之上啊。」

她反射性地帶著乾笑聲這麼答道。

「妳不認為自己有辦法把同樣的善意回報給所有人吧？妳啊，對自己並不是那麼有自信，也無法輕易騙過自己。我再順便說一句，妳應該明白自己是個不諳世事的小姑娘，不能硬說自己通曉世故。」

「唔。」

他毫不留情地直擊她的痛處。

她很感謝那些善良的人，也抱持著敬意。但是，她的確沒有夢想要成為相同的人，做相同的事情。這是事實。

「不過，我的意思並不是乖乖牌就不好喔，畢竟我也是大人嘛。只是，那種堅強地當一個順著大人心意走的孩子的感覺，我實在不怎麼喜歡。總覺得是在自暴自棄。」

「以一等武官的立場而言，這種發言沒問題嗎？」

「確實不該在公事裡夾帶私情。但是呢，懷抱私情是個人自由吧。」

她覺得這個中年男人真是能說善道。

憑一個不諳世事的小姑娘的口才，實在說不過他。

「我可沒有自暴自棄的意思喔，真的。我不過是只曉得這種自處的方式罷了。」

「進入青春期了呢。」

「哦？我還是第一次聽到有人這麼說。」

「沒啦，我是講真的。一個想要成為大人的孩子，首先會因為自己沒有簡單明瞭的定位而感到有壓力。因此，孩子會渴望得到明確的標籤，像是自己的真正身分或特殊頭銜，從上下世代的角度來看，會覺得標籤多到過剩的地步。有時候還會自己冠上意義不明的頭銜。聽說只要是具有社會性的種族，在這方面的情況都是相同的。」

「你講的這些我無從反駁。你該不會是想聽我說出『大人真賊』這句話吧？」

「好耶，像我這樣的大叔聽到這句話會很高興喔。」

風向似乎改變了。譁然喧鬧聲又傳入耳中。

潘麗寶・諾可・卡黛娜的真正身分為黃金妖精，實際擁有妖精兵這個特殊頭銜，而人們之所以集結起來，就是為了從這層意義上否定她們。雖然否定她們也不會得到什麼，但人們毫不在意，恐怕連這一點都沒意識到，就是覺得必須這麼做。

「年輕人就算不知該如何自處也無妨。比起刻意扮成大人，不管怎麼看都是這樣比較順眼。」

「大人真的是很賊。」

「對吧？」

被甲族咧嘴一笑。

潘麗寶再次發覺他是個深不可測的人物。沒辦法輕易窺見大人這種生物特有的人生累積，是如何在眼前這具圓滾滾的身體裡凝結成晶的。

「總團長。」

「嗯～？」

「我可以再砍你一次看看嗎？」

「當然不可以啦。」

被他一口回絕了。既然他身為一等武官，想必是格外出色的軍人，只要過招一次，應該就能稍微多了解一點他的本性，真是可惜了。

「……雖然我很想讓妳們放假，但妳們真的是無法取代的特殊人才。目前正在尋找制敵對策，實在沒辦法將妳們撤出最前線。」

「你不用在意。我——不對，我們黃金妖精從以前就是為此而存在的。」

「妳這樣講，會讓我覺得費奧多爾那傢伙實在很可憐啊。」

「……這……」

她感到語塞。

「好啦，我差不多該回去了，妳有什麼打算？」

「唔——我再吹一下風吧。」

「了解，別讓身體著涼啦。」

一等武官才剛離開，潘麗寶就微微打了一次哆嗦。

無徵種的肌膚沒有鱗片和毛皮，強風吹得她有點冷。

——真的是看得很透徹啊。

她感覺自己單方面地被人觀察，有一點不開心。

†

黃金妖精與遺跡兵器的存在本來是護翼軍內部的機密，只有部分人士知道。

這裡提到的部分人士，指的就是第二師團。那個師團在「灰岩皮」一等武官的指揮下，反覆與〈第六獸〉纏鬥，幾乎所有的作戰都會將黃金妖精的運用列入前提。

也就是說，當第五師團因為例外的理由而與〈第十一獸〉展開對峙之後，黃金妖精的存在仍沒有對自己人公開。因此，以黃金妖精的運用為前提的作戰只有知情者會參與，在極小的規模下執行。

一連串的騷動拆掉了這副枷鎖。

如今已沒有祕密。在第五師團中，沒有人不曉得黃金妖精的來歷。現在可以光明正大地挺起胸膛，向許多技官公開情報並制定作戰計畫。

隨著三十九號懸浮島接近，往返成本也降低，以往瞞著同伴所進行的〈第十一獸〉調查，在這時候一口氣加快了進度。

†

「喝噢噢噢噢噢噢噢！」

發出吆喝聲的同時，可蓉的身體噴發出類似氣場的東西……才怪，總之是魔力被催發了。身為生者的可能性的相反極端，世界的反作用，本來只有從現世解脫的死者才可使用的能力——就是這樣的神祕力量。藉此汲取上來的爆發力恣意踐踏著原本的物理法則。

透過否定生命所誕生的力量，只會在生命本來寄宿的地方誕生、運行。換句話說，魔力本來只會在體內發揮作用。然而，遺跡兵器能夠創造例外。這種兵器會回應並留住碰觸者的力量，若執劍者催發出強大的魔力，就會將催發出的強大魔力留在劍身內。

可蓉手上的劍寄宿著淡淡光芒，彷彿心跳似的閃爍著。每跳動一次，光芒就慢慢增強。

「憂鬱爆破切條斬！」

隨著莫名其妙的厲聲大喝（大概）——揮劍砍下。劍身輕易地劃破包覆住大地的〈第十一獸〉，劍鋒直達下方的岩塊。寄宿在劍身的光芒開始移動，前往劍鋒，然後又繼續往前。

「……爆破的話，不就切不成條狀嗎？」

「不要在意那種小細節！」

暫且撇開這段對話。

爆炸般的衝擊伴隨著光芒，直接打進大地內部。她這一擊瞄準了靠近邊緣，沒有厚度的地方——名副其實的裂地破壞力輕輕鬆鬆就貫穿到岩塊底層。裂痕不斷朝四面八方擴散而去，連接到事先鑿開的洞穴和缺口，進一步擴大破壞範圍。

於是，崩落開始了。

「嗅……嗅嗅。」

落腳的地面緩緩地傾斜。潘麗寶展開幻翼，飛上空中。

碎裂的大地——面積感覺可以蓋一兩棟較大房屋的土地，連同附著在表面的黑色一起墜落雲間。

要是正下方有其他懸浮島，勢必會造成一樁大悲劇，但事前當然已經做過確認，避免這類事態發生。那些東西會筆直地落下，一路到達地表。

可蓉的劍看起來沒有遭到〈第十一獸〉侵蝕的跡象。

「成功了嗎……咦……？」

忽然間，一股來歷不明的惡寒竄過潘麗寶的背脊。她加強警戒，重新探查周遭情況，但沒有發現相關異狀。

（難道是我感冒了？）

雖然聽起來滿蠢的，但她認為這個最有可能。大概是前幾天在樓頂著涼所導致的吧。

「今天還是早點休息好了。」

她才剛低聲吐出這句話——

「不行，不可以！」

可蓉的尖銳聲音傳入耳中。

「什麼？」

她嚇了一跳，轉頭看向可蓉，只見可蓉正直勾勾地盯著自己的手。

「抱歉，我不是對妳說的——是這傢伙。」

可蓉手上當然握著巨劍。

那是遺跡兵器布爾加特里歐。

潘麗寶以前從妮戈蘭那邊聽過一點那把劍的來頭。那是一把洗滌罪惡的劍，一旦鎖定對象，就會追殺到底的烈性之劍，其模樣還被比喻為熊熊燃燒的淨化之炎。這些事情妮戈蘭也是轉述自其他人（其實就是威廉）口中聽到的，詳細軼聞就不得而知了。

「它還想要搞破壞，說想繼續斬碎那傢伙。」

「這就是所謂的聽得到劍在說話嗎？」

「唔，不是這樣的。該怎麼說好呢……我只是隱隱能明白它的心情。」

「這樣啊……」

「如果我配合這傢伙的心情，砍起來就會很俐落順手。要是我說不行而控制住它，砍起來就會鈍鈍的不順手。」

「是喔……」

也許可以說是劍的癖性，部分遺跡兵器在性能上有所偏倚。心性相合者或是長期使用者能隱約理解劍的癖性，這在妖精兵之間是眾所皆知的事實。

這種現象本身其實不僅限於遺跡兵器。任何工具在用上手後，就會知道如何使用該工具才是恰當的。就像優秀的廚師會依照食材和調理步驟來使用好幾種菜刀一樣。

潘麗寶低頭看自己的劍——遺跡兵器卡黛娜。這把劍在遺跡兵器中是相當罕見的細長單刃劍。由於用起來和平常揮動的劍差不多，以工具而言算是很好用。

（我從來沒有感受過這傢伙的心情啊……）

歸根究柢，她雖然喜歡揮劍，但不曾對特定一把劍產生感情。而她也不覺得這是很可惜的事情。

「別擔心。罵一罵就會聽話了……暫時之間。」

「……還真像是優蒂亞的一把劍啊。」

「嗯，或許有點像。」

預料之外的回答。她很想把剛才的對話告訴住在妖精倉庫的學妹……優蒂亞本人。不過從現實面來看，她不認為未來會有這樣的一天。

她重振心情。

「今天再對兩個地方進行破壞測試就可以回飛空艇了。正如那把優蒂亞二世劍所希望的，我們需要它再搞一下破壞。妳還記得步驟吧？」

「嗯！」

一邊聽著朝氣十足的回應，潘麗寶一邊環視周遭。

在稍遠的空中，停著一艘充當前哨地的飛空艇。她們剛才進行的一連串戰鬥（應該說破壞行動），那上面的人應該會觀測整個過程，作為下次作戰的立案資料。

3. 對於信任之心的考察

在烤得酥脆的麵包脆餅上，塗抹薄薄一層香甜的榛果醬。

然後送到嘴邊咬下去。口感輕盈，甜味在舌尖化開。

充分享受過這個滋味的餘韻後，再用偏濃的紅茶沖洗掉。當她緩緩地即將咬下第二口之際——

「——我說啊，現在可沒有閒情逸致享受優雅的茶點時光喔。」

殘酷的現實追趕而至。

現實是穿著軍服的被甲族。

「不用你說我也知道啦，真是的。」

艾瑟雅戀戀不捨地嘟起嘴唇這麼回答後，將剩下的麵包脆餅一口氣丟進口中，嘎滋嘎滋地嚼碎，再用紅茶硬是灌進喉嚨裡，結果有點嗆到。可悲的是，即使囫圇吞下，麵包脆餅還是非常美味。

第五師團，總團長室裡。

三位人物圍繞著作戰會議桌。

「那麼……雖然議題很多，但就從最沉重的開始吧。」

彷彿受到總團長這句話的催促，她將視線拉回桌子中央。除了攤開的近鄰空域圖外，還排列著代表戰力配置的模型。

引人注目的是，本來印著懸浮島的位置上，用紅筆做了一些修正。每一座島都離彼此更近了一點。

「我這邊有去檢查過了。那個懸浮島正在靠近彼此的傳聞，很不幸地得到了證實。」

總團長咒罵似的低聲吐出這句話。

「其實測量士們很早之前就提過很多次了，但沒被當一回事，畢竟本來就不是固定的，有一點移位也很正常……然而，現在已經明顯到測量儀器都偵測到了。距離正式引發騷動應該剩沒多少時間了吧。」

一等武官瞥了艾瑟雅一眼。

「菈恩托露可之前是怎麼說的？」

「懸浮大陸群這個形式的末路。」

她深深嘆一口氣，再次將整張地圖由右至左瀏覽一遍。

「畢竟大賢者和地神從前傾盡全力維持的懸浮大陸群，如今偏偏是靠奈芙蓮在支撐，所以不可能撐太久。最多只剩兩年，屆時懸浮大陸群會徹底失去現在的狀態，回歸原本的樣貌。事情就是這樣沒錯吧？」

她瞄了一下在場的第三人，而那名穿著白衣的銀眼族女子似乎有一瞬間感到不知所措，眼眸微微一晃。

「是……是的，沒錯。」

「順便問一下，原本的樣貌是指？」

「就是大賢者閣下在創造懸浮大陸群之際，用來當作素材的山脈，稱為菲許提勒斯大山脈。那座山脈本身是化為地下迷宮（Maze）的巨大地形，由於岩石中富含一種叫做灰質（亡失物質）的成分，才能成功將山脈以模擬的方式化為護符（Talisman）。」

「……專業術語聽不懂呀。」

明明沒頭髮，被甲族卻撓著頭說：

「意思是，現有幾百座懸浮島會全部合併，回歸成連在一起的岩塊，然後大家一起手牽手墜落到地表嗎？」

「是……這樣沒錯，對，如您所說。」

「真的假的啊。」

一等武官渾身虛脫，從靠著的椅子上滑落一半下來。

「光是懸浮島相互碰撞，就會造成相當大的災害。就算能倖存下來，只要那頭〈第十一獸〉當時仍飄在空中，還是難逃全滅的命運。」

「想辦法在那之前解決就是我們的工作吧。還真是振奮人心啊，嘿。」

他呻吟似的說道。或者應該說，就是在呻吟。

「關於這部分，我有兩點要報告。這樣講有點老套，但就是好消息和壞消息各一，你要先聽哪個？」

「壞消息。」

「那就從好消息講起吧。雖然是不確定中的不確定，不過我們發現了可能會成為〈第十一獸〉弱點的性質。」

「既然不想聽我的，幹麼要我選啊？」

她若無其事地忽略一等武官的抱怨。

「妳剛才說找到弱點?真假?」

「千真萬確喔。哎呀~這裡的技官真的很優秀耶。潘麗可蓉把〈獸〉的樣本採集回來後，他們在短時間內就徹底分析完成了。那可是在搖搖晃晃的飛空艇上，稍有差池就必死無疑的超危險物品耶。真虧那些人能以平常心對待呢。」

「等事情告一段落後，我會好好嘉獎他們的。所以結果怎樣?」

「唔~奎格尼葛斯三等技官的報告書是這麼寫的。」

她拿出一張紙，不管怎麼看都不像是報告書的體裁。大大小小潦草的文字寫得亂七八糟，看來只像是想到什麼就隨便寫下來的筆記，或是把夢境的內容畫下來的塗鴉本。

而下半部則有一行寫得較為工整的結論。艾瑟雅略過其他部分，只將那一行字唸出來。

「前幾天帶回來的三十九號懸浮島各處的〈第十一獸〉碎片，逐一經過檢查後，判定侵蝕力有顯著性差異。縱然〈沉滯的第十一獸〉在各種視覺觀測上看起來全都一樣，但性質上存在著偏差。而且，雖然這只是從目前的材料來判斷的結果，不過可以推測是呈現單純的放射狀漸層。」

「嗯。」

一等武官重重地頷首。

「翻譯一下。」

「呃……也就是說呢，雖然外觀看不出來，但那傢伙可能具有類似核心的東西。離那個核心愈遠，侵蝕力就會一點一滴地衰退。不過這個差異非常微小，一直到它長成現在這種大得要命的規模才有辦法觀測到。」

「核心。原來如此，這就是弱點嗎？」

「現在斷定是有點早，但可能性並不是零。」

「所以說，只要用妳們的遺跡兵器捅那個地方，整座島就會瞬間發生大爆炸嗎？」

「這就太異想天開了啦。以正在尋求突破口的現階段而言，至少這是不容忽視的寶貴希望。」

艾瑟雅回頭看向窗戶。那裡是一片蔚藍的天空。

但沒辦法從窗戶直接看到那座三十九號懸浮島就是了。

「不過照這個說法，所以是那樣嗎？〈第十一獸〉把接觸到的東西與自己同化的那個性質其實並不是完全複製，而是非常微量地逐漸劣化嗎？」

「沒錯。考慮到帶回來的是吞掉三十九號懸浮島的〈第十一獸〉在地上的碎片，說不定連那些碎片都是〈第十一獸〉的最初原型經過變質後形成的。愈是深入調查，就愈是摸不透，不懂的東西一直在增加。〈十七獸〉那些傢伙一個個都真的很難對付啊。」

「〈獸〉的名字……」

銀詰草直到剛才都沉默不語，現在則客氣地用小小的聲音插進對話中。

「……那些名字是地神黑燭公和大賢者閣下取的，用來套住推測為其本質的概念。比如說，據傳前陣子在十一號懸浮島獲得解放的〈織光的第十四獸(Vincula)〉，代表的意思就是『人與人的連結』。」

「嗯，就是菈恩稍微提過的那個吧。」

「是的。因此，〈沉滯的第十一獸〉的名字當然也有其意義。Croyance，『堅定不移的信賴』……不過，這個詞或許本來應該解釋為『信仰』會比較好。」

「不是吧，這聽起來意思差很多耶。」

一等武官插嘴，而銀詰草則搖了搖頭。

「大意是相同的，所謂的信仰，就是對信仰對象的信賴。只要是這個人講的話就相信，只要是這個人的行為就給予肯定。如果那個對象是家人或認識的人，那就是一般意義上的信賴；如果是祭司、教典和星神，那就是星神信仰。也有像十三號懸浮島和呃……艾爾畢斯集商國的國教那樣，信奉的是碑石和碑文。」

「……這樣啊。」

雖然很像在玩既極端又危險的文字遊戲，但幸好周圍沒有虔誠的信徒，而他也不想在這個話題上深究這麼多，便決定聽聽就算了。

「或許那就是〈第十一獸〉的本質吧。過度的信賴只會變成盲信。盲信一旦成立，便再也不會改變。如果其內容足以感化周遭，穩固成形的思想就會在集團內流傳開來。」

「所以這就是那個黑水晶的生態？」

「將『〈第十一獸〉的一部分』這種存在方式傳染給接觸到的對象。一旦接受這個存在方式，便再也接受不了外面的聲音。你不覺得這個解釋很有那種感覺嗎？」

「我倒覺得太牽強了。」

「是啊，我也這麼認為喔。不過，這只是文字遊戲罷了。並不是在分析敵人，也不是在研議攻擊作戰。」

艾瑟雅樂呵呵地開懷一笑。

「針對這條路追究到底也未必能獲勝，搞不好還會落到更慘的結局。而且我們連謹慎探究這部分的時間都沒有……儘管如此，這依然是我們目前掌握到的一絲光明。」

「所以現在應該追追看嗎？」

「正是如此。要是到現在還沒有實際感受到事情有些許進展，現場士氣會很差的。」

「預設防線啊……別誤會，我沒有異議喔。畢竟這是世間少有的抗〈獸〉老手所下的判斷。這方面我就全權交給妳處理吧。」

一等武官重新在椅子上坐好。

「那麼，如果在這裡結束話題，大家就能重燃希望，愉快地度過這一天了，這個提議怎麼樣？」

「嗯對，然後我還有一個壞消息要報告。」

「妳真的很無情耶。」

他用哀怨的眼神瞪著艾瑟雅，但她沒放在心上。

「日前查明兩名一般兵和一名四等武官違反軍法，向外部洩漏情報。由於有尉官涉案，被帶走的可能是相當麻煩的機密。」

「——哦，這件事的話，我已經聽過報告了。」

這次的英雄騷亂及黃金妖精和遺跡兵器的情報外洩，對護翼軍造成了不小的傷害。

護翼軍本來就沒有打著正義旗幟，僅為守護懸浮大陸群的理念而戰。這也代表他們會無視個人信念和理想，強迫成員進行機械化的活動，是沒有共同理念和思想的集團。於是，他們必須面對一個不想承認的事實，那就是內部受不了這種壓力而造反的情形，雖不至於必然，但仍屬自然。

「這種事當然很嚴重啦，但還是不比費奧多爾那次的打擊吧。再說，現在也才剛大肆公開完一個特大機密而已。」

「那我就如你所願，再加碼一項報告。」

艾瑟雅一邊揮著剛才的報告書，一邊繼續說出無情的話語。

「情報的去向已經查到了，是中小規模的反護翼軍系武裝組織的集合體。粗略歸類的話，每一個都深深沉浸在至天思想中，對護翼軍的所作所為很感冒。此外，其中幾個集團目前為止曾幾度直接妨礙到第一師團的作戰行動。」

「這樣啊……」

「根據港灣區塊傳來的情報，那些組織的人員和資材有相當大的一部分已經進入了萊耶爾市。我是很想說登陸前就要阻擋下來啦，不過，這裡的港灣不僅半毀，而且也沒有人手，所以幾乎沒辦法做好出入島管理。儘管為時已晚，但光是有來示警就該謝謝人家了吧。」

「這樣啊……所以這就代表……」

「今後在對付〈第十一獸〉的戰場上，必須先設想會有外人以武力介入。我們沒有時間等到調查和鎮壓的結果出來。所以說，在這個本來就講求細膩度的局面，還要考慮到會遭到大砲偷襲的可能性。」

一等武官深深地嘆出一口長氣。

銀詁草露出凝重的表情問道：

「為什麼……那些人要中傷守護著自己的人們呢？這麼做，明明只會奪走自己的未來而已呀。」

「不就是因為正好有個看起來很好踹的背影嗎？」

「可是，就算如此……」

「無論敵方還是友方，同樣都屬於不快狀況的一部分。」

一等武官的背部讓椅子發出嘎吱的聲響。

「沒有餘力冷靜判斷的傢伙，立刻就會失去辨別能力。一旦變成如此，接下來他們就會單純挑沒有還擊能力的對象開始毆打。雖然被打的人很倒楣，但反正這個世道就是這樣啊。」

「哦？身為護翼軍的大佬，說這種話沒問題嗎？」

「或許不該吧，但問題還是一樣在增加啊，發發牢騷也是人之常情嘛。」

「講得真隨便耶——」

任何人在陷入窮途末路時，都會為了打破現狀而奮戰。不過，在那個當下未必能找到真正該對付的對象。因此，一定會有人不分青紅皂白，直接在觸手可及的範圍內找個好欺負的對象痛揍出氣。而想當然的，這麼做不可能解決最初的問題，然而，那只是一種激發更強的戰意，採取暴力的理由。

這種事本身確實是到處都會發生的普遍現象。

（費奧多爾——那位歐黛女士的弟弟可能個性太過嚴謹了吧，所以沒辦法隨便抱怨一句「反正就是這樣」就算了。）

「——以上，報告完畢。那麼重新再來一遍，今天一整天都要加油喔。」

說完，艾瑟雅伸出手指，從盤子裡拿起下一塊麵包脆餅。

4. 下雨的城市

她們接到今天不用外出作戰的通知。

明明剩下的時間已經愈來愈少了，怎會還有放假的空間呢……雖然這麼問了，但得到的回答是這絕對不是在浪費時間。

聽說，為了得到足以改變這場戰役趨勢的關鍵性情報，技官隊不分晝夜地持續進行研究。等研究完成後就會一口氣展開攻勢，所以現在要先好好養精蓄銳。

「這陣子有可能會遭到偷襲，所以要謹慎行事。」

艾瑟雅還補充了這句話，但坦白說，她們有聽沒有懂。

無論如何，總之她們因此突然得到了類似休假的東西。

話說，莉艾兒的脫逃癖在這幾天變得更嚴重了。

如今已經誇張到要麼在睡覺，要麼逃走了。

原先（包含費奧多爾）有五名的監護人數量驟減，剩下的兩人也頻繁外出作戰，所以沒辦法隨時有人在她身邊盯著。而且這孩子就像是長出了手腳的好奇心，放她獨自一人的話，就別期待她會永遠乖乖地待著。

生活雜貨保管庫、第二娛樂室、調溫休息室、西三預備操練場用具室。目擊情報與日俱增。她拚命地擺動短短的手腳，天天都在更新驚人的活動半徑。

小孩子充滿活力本身是件好事，但當事人以外的大人就不怎麼樂見了。在這個不知何時會發生何事的時期，還有一隻不會察言觀色的小動物到處亂跑——而且一旦知道她是傳說中的祕密武器的新生卵（由於不是卵生，所以只是一種隱喻），周遭人們也對她抱有種種不同的心情。

「畢竟最近都不能陪她玩嘛。」

跟平常比起來，她今天算是比較安分。她一隻手握著筆在房間裡跑來跑去，在牆壁和地板上量產前衛的塗鴉作品。要是緹亞忒在的話，搞不好已經開罵了，但幸好（或者該說不幸的是）潘麗寶和可蓉都對這種惡作劇很寬容。不如說，她們沒有指責別人的資格。

「還是該強行把她送去六十八號島吧。」

可蓉坐在床上，百般聊賴地晃著雙腳。照理說閒暇時間能做的事情要多少有多少，但她剛才衝進操練場卻被趕出來後，似乎就整個失去了幹勁。

「話是這麼說，但能帶她去的人和能搭的飛空艇都已經沒有了。只能讓她在這裡多待一陣子了吧。」

潘麗寶從莉艾兒背後抱住她的腰，打算抱她起來。儘管她是在嘗試菈琪旭經常做的那種溫柔抱抱，莉艾兒卻喊著「不要～！」並用力掙扎，於是她便死心了。雖然是常有的事情，但還是有點落寞。

「——唔嗯。」

當莉艾兒使勁捏著她的臉頰時，她也思忖了一下。

「妳說，難得我們的身體閒下來了，今天就盡全力陪這孩子散心怎麼樣？」

「嗯？」

可蓉毫無緣由地倒立著，那張倒過來的臉就這樣沒好氣地看著她。

「看妳一臉不懷好意，到底想幹麼？」

一臉不懷好意。

或許是這樣沒錯，她沒辦法否認。不過，指出這一點的可蓉自己也露出了詭異的笑容。真是恰如其分的共犯表情。

「進城吧。」

「真是壞點子。」

倒立的可蓉「嗯」地應聲點了點頭。

「要跟艾瑟雅說一聲嗎？」

「直接出去吧。反正又沒有禁足也沒有在待命，她不會有意見的。」

「萬一被外面的人發現就麻煩了。妳有辦法嗎？」

「放心，我有一個妙招。」

「一個妙招？」

「一個妙招。」

可蓉目不轉睛地盯著她，而她也看回去。

「是不正經的那種吧。」

「是不正經的那種啊，雖然自己不該這麼說。」

「很好，我興奮起來嘍。」

「哈哈哈，對吧。」

跨坐在她肩上的莉艾兒扯著她的頭髮，她就在這個狀態下挺起胸膛。

「……話說回來，這孩子什麼時候才願意這麼親近我啊？」

可蓉往前一個翻身，雙腳站在地上，然後朝她們走過來。還以為可蓉是想把莉艾兒抱下來，免得她繼續在潘麗寶頭上作怪，結果可蓉探頭交互看著她們兩人的臉龐之後，說道：

「感情融洽真是一樁美事。」

不知為何說完這句話後，她就自己一個人想通了。

†

那麼，來談談關鍵所在的「妙招」。

首先，無徵種想透過喬裝來騙人耳目其實相當困難。假犄角、假鼻子和假翅膀這種商品在很多地方都買得到。但是，那些東西全都要歸類為派對道具或搞笑玩具。

就算在部分外表上做一點小加工，還是跟那些天生相貌就是如此的種族有很大的不同。長著犄角的種族相較於其他種族，脖子根長得較粗壯；鼻子跟狼一樣向前突出的種族，會透過鼻子的細微動作來表現情感；至於有翅膀的種族，從他們站立時重心的擺放方式就不同了。把這一切都納入考量再來扮演異族的技術，潘麗寶和可蓉都沒有。

必須改變思維。

首先，外面在傳的黃金妖精相關情報雖然正確，但沒有很詳細。她們是完完全全的無徵種，並且只有年輕，或者也可以說年幼的雌性。關於外表的部分，大家知道的頂多就這些而已。

再者，雖然身為無徵種的種族絕對算不上多，但還是有一定的數量。畢竟無徵種全都是「與人族很像」，而這些人大部分連區分出彼此都沒辦法。

也就是說。

她探頭看著鏡子，確認自己的打扮。

皺掉的襯衫搭配灰色背心和深草色斗篷，下半身穿著黑色吊帶褲，再戴上與斗篷同色的帽子，把頭髮藏起來。

由於是到處蒐集來的服裝，統一感有點微妙，但這部分就當博君一笑。總之，看起來有模有樣才是最重要的。而對於這一點，她覺得自己做得相當不錯。

「嗯。」

鏡子裡的少年——外貌看起來是如此的某個人一臉滿意地點點頭。

「怎麼了？」

另一個少年——外貌看來如此的另一個人，停下腳步回過頭。雖然裝扮和她很像，但土氣的感覺更勝一分。由於髮量的問題，這個人還多戴了一頂大帽子和一副裝飾眼鏡。

「沒什麼，就是覺得看起來還不賴。以趕工出來的成果而言，已經很棒了。」

不用說，這就是潘麗寶·諾可·卡黛娜本人。她從費奧多爾沒有被扣押的私物裡翻出男用物品，再加上自己為數不多的私服，其他就是進城東買西買補足的。潘麗寶的身材本來就有點缺乏女性特徵，就算沒有花太多心思，也能簡單明瞭地完成偽裝。

該留意的反而是站姿和走路方式。練過劍、在軍隊裡受過訓練的身體，要是不特別注意，立刻就會端正姿勢。她稍微彎腰，把重心擺在後面，提醒自己要用拖拉的方式走路。她的目標是舉手投足要像一個恰如其分的吊兒郎當小混混。

「嗯，是啊。這個……可以征服世界呢。」

「沒吧，妳這句話我聽不太懂。」

另一人不用說就是可蓉。除了跟潘麗寶一樣的小加工之外，為求慎重，她還在鼻子周圍點了一些雀斑。

「世界！世界！」

莉艾兒被她們兩人牽著手，正開心地嚷嚷大叫著。明明剛才還一臉愛睏地耍任性，真是見風轉舵的孩子。由於沒什麼特別的衣服讓她變裝，所以她穿的是平常的衣服。她出門前還因為只有自己不能參加快樂的變裝而鬧彆扭，結果一來到外面，心情立刻一百八十度大轉變。

「畢竟我們的長相不能直接暴露在外人的面前。只要看起來不像是『只有女性的種族』的集團，就不會啟人疑竇了。」

「真不愧是潘麗寶，好像費奧多爾喲。」

「哈哈哈，妳可以再多誇一點……妳是在誇我沒錯吧？」

「是，大概一半吧。」

溜出護翼軍基地之際，她們利用的是距離正門有相當長一段距離的鐵絲網破洞。從那裡直到進入遮蔽物很多的城內為止，她們都沒有對周圍放鬆警戒。目前為止應該沒有被人撞見才對。

轉乘幾個全自動鋼索籠（Cable Cargo）之後，她們幾乎橫越了萊耶爾市，來到紀念館地區。

這是市內少數幾個還保留一點生氣的區域之一。大略地環視大街一圈，可以看到整個區域有五分之四的店家都拉下了生鏽的鐵捲門——與此同時，有五分之一的店家仍在營業中。舊衣店、雜貨店、麵包店、礦石店、紀念品店以及舊地圖店，每一間店都沒有活力，但起碼門還開著，也能看到店員的身影。

最重要的是，完全感覺不到那群喧鬧的抗議民眾在這裡的跡象。不過，那些人身上本來就沒有明顯的記號，只要不說話就無從辨識起，儘管如此，潘麗寶依然決定抱著樂觀的心態來面對。

雖然一行人都稱不上習慣逛街，但這不是什麼大問題。對於喜歡漫無目的地閒逛的人來說，只需要委身於小小的好奇心即可。在這一點上，這三人完全沒問題。

她們在面對街角的香菸店買了三人份的棒棒糖。

然後一邊把棒棒糖含在嘴裡舔著，一邊探頭打量各個店家。

潘麗寶和可蓉平常不太花零用錢，所以擁有還算充裕的資金。在舊衣店的一角發現小孩穿的連身吊帶褲後，她們兩人都認為很適合莉艾兒，便買給她穿。這件衣服原本似乎是獸人小孩在穿的，所以屁股的位置開了一個洞方便尾巴伸出來，但在舊衣店老闆的好意下，用顏色相近的布料縫了一塊補丁上去。

「哦哦，真可愛真可愛。」

潘麗寶大力地稱讚著，而莉艾兒本人好像也頗為滿意，蹦蹦跳跳地一直說著：「真可愛！真可愛！」

離開舊衣店來到街上後，莉艾兒的好心情依然持續著，不斷像是在跳舞似的又轉又跳。萊耶爾市的道路遍布著管道和雷氣線，她這樣是有點危險的舉動——尤其妖精這支種族又對自身安危毫不在意。果不其然，她的腳很快就絆到蒸氣壓閥，身體即將失去平衡。

「嘿喲。」

可蓉輕輕捉住那隻小手，用行雲流水的動作把莉艾兒抱起來，讓她跨坐在自己的肩膀上。當事人看似沒意會過來發生何事，對於視野突然拉高感到很困惑，但馬上又覺得這個視野很棒，頓時興奮雀躍了起來。

「哇！哇！」

莉艾兒左顧右盼地環視四周——忽然間，她像是想到什麼似的停住動作，滿面的笑容放緩了下來，視線游移不定，彷彿在找什麼。

不對。

不是彷彿在找什麼，她就是在找。找某個最近都見不到面的人。

莉艾兒沒有確切感受過世界的廣闊。護翼軍基地曾是她的全世界，而那些聽說去了「某個遠方」的人們，她理所當然會在遠離護翼軍基地的這個地方，也就是可以對應到「某個遠方」的這裡尋找他們。

「蘋果……菈琪旭……費多爾……」

耳邊傳來她喃喃唸著這些名字的聲音。她沒有忘記，她無法忘記，明明她還這麼小，或者應該說，正是因為她還這麼小的緣故。

水滴從臉頰滑落下來。

冰冰涼涼的。

潘麗寶抬頭一看，剛才還一片晴朗的天空已變成灰色，沉滯陰鬱。內心才剛昇起懷疑，結果沒過幾秒答案便從天而降。

「下雨了。」

潘麗寶暗叫不妙。她們沒有帶傘。雨勢轉眼間愈下愈大，她們受不了地逃到附近的屋檐下躲雨。抬頭所見的天空顏色逐漸轉濃，雨聲也慢慢變大。

她們走進附近的店裡。

「哦——歡迎光臨。」

傳來一道含糊不清的聲音，她們順著方向看過去，只見一名看起來很老練的長毛狐徵族，正在動著埋在毛髮裡的嘴巴。

「哎呀，是相當年輕的客人呢。呵呵，這可真稀奇。」

「啊～不是的，其實我們只是因為下雨才跑進來——」

潘麗寶忽然察覺到一件事。

雖然這間店的外觀看不出什麼名堂，但似乎是賣舊玩具的商店。昏暗的店內——可能是因為外頭烏雲密布的緣故——滿滿地陳列著馬口鐵工藝品和木頭機關裝飾等物品。每一種都散發著不輸給老闆的歷史滄桑感。

莉艾兒雙眼閃閃發光，不停在各種玩具之間走來走去。看來用不著說只是進來躲雨的，現在依然還在逛街當中。

「——可以讓我們看一下商品嗎？」

「當然可以。」

老闆眉毛附近的毛微微晃動，用溫和的嗓音這麼回道。

雨滴敲打銅板的聲響從背後傳來，愈來愈激烈。

她反手關上門，雨聲立即遠去。

「真高興呀，我這間店果然要受到孩子喜愛才行嘛。」

「啊……最近景氣真的很不好嗎？」

「是啊，因為孩子們一個接一個地離開了城市。聽說是沒辦法一直待在這種沒有未來的城市。真是令人無比寂寞呀。」

老闆略顯落寞地搖了搖肩膀。

潘麗寶把莉艾兒交給可蓉看著，自己則聽從老闆的建議，在椅子上坐了下來。

「那老闆你不逃嗎？距離〈獸〉最接近的那一天已經剩沒多久了吧？」

「好像是這樣呢。但是……」

他視線朝向的地方，是草率地疊放在櫃檯一角的報紙。

「也有聽說英雄會來拯救我們。」

「那只是傳聞啦。難道你會這麼相信一個突然冒出來的陌生人嗎？」

這似乎是個出乎意料的問題。老闆稍微偏過頭，花一些時間思考。

「要說是相信也不太對。正因為是完全不認識的對象才會擅自抱有期待，僅此而已。」

就像明天的天氣一樣，我們希望可以放晴，但並不表示我們相信會放晴。」

「……縱使明天沒有放晴也不會死人；英雄沒來的話，大家都活不成的。」

「就算這樣，也是擅自抱有期待的人不好。這只是形勢有點不利的小小賭注罷了。人要是活得久了，偶爾也會遇上這樣的事。」

這真是莫名老成的奇特言論。潘麗寶有點好奇眼前這位老闆的真實年齡。雖然獸人種族整體上都很強健，但說到壽命就千差萬別了。不曉得狐徵族的情況是怎麼樣。

她忽然覺得異常安靜，便回過頭。

只見莉艾兒緊緊抱著一隻大小和自己差不多的玩偶。那是仿造無徵種外貌的矮胖玩偶。

「好了好了。」

可蓉想將她輕輕地拉下來，但那具小小的身體不知哪裡藏了這麼大的力氣。她只答了一聲「不要！」，便動也不動。那副不動如山的模樣，令人甚至懷疑她是否偷偷催發了魔力。

「哈哈，對那個年紀的小孩子來說，人偶是最重要的朋友呢。」

「是這樣嗎？」

「即使喜歡的人偶類型不盡相同，這一點仍是一樣的。妳沒印象嗎？」

「……沒有。」

潘麗寶在莉艾兒這個年紀的時候，應該連想要什麼的念頭都沒有。在那樣的情況下，慢慢構成自己這個存在。

「孩子是這個世界的新加入者。在她們眼中，世上一切都是新的。但換個說法，她們在這個世界也是孤獨的。一直陪伴在身邊的朋友能夠堵上這樣的孤獨缺口，直到某一天，她們可以獨自面對世界為止。」

「哦……」

她好像有聽懂，又好像沒懂。

不，並不是這樣。這番話應該非常淺顯易懂。只是不知何故，她的腦袋沒辦法順利咀嚼吸收。

「莉艾兒，好了，別抱這麼緊。」

「不要！」

她頑固如舊。

潘麗寶和可蓉的眼睛一齊看向價格標籤，上面寫著有點大的數字。她們把手伸進口袋，確認剩下的帛玳紙幣數量，然後對視一眼，互相傳達相同的結論。看來，即使把她們手頭的錢加起來也買不起。

「呵呵，小妹妹很喜歡這個人偶吧？」

「是！」

「呃，雖然是這樣，但我們帶的錢……」

「唔嗯。」狐狸臉的鼻子微微抽動一下。「其實呢，那個價格標錯了。我很遺憾地告訴妳們，那個人偶有點隱情，所以我可以因此降價……怎麼樣？」

「哦。啊，呃，雖然很謝謝你，可是……」

「妳們是想聽聽有什麼隱情吧，我大概猜得到。啊，儘管放心吧，我會把所有事情告訴妳們的。妳們可以聽完之後再決定要不要帶回去。我去泡杯茶來吧……對了，妳們的預算上限是多少？」

潘麗寶忍不住噗嗤了一聲。

實在是太好懂了。「妳們可以在這裡打發時間到雨停，另外我會降價到妳們買得起為止」這件事，不知要經過怎樣的迂迴曲折才會變成他那種說法。雖然一般都說狐徵族講話偏委婉，但看來是不爭的事實。

「真不好意思呀，老闆。那我們就恭敬不如從命了。」

她一邊回答，一邊在內心想道。

她們現在是喬裝出現在這裡。以平凡老百姓的身分，以不具名的無徵種孩子身分來這裡買東西。也因此，老闆才會用這樣的方式來對待她們。如果她們露出真面目，穿著軍服來這裡，老闆會是什麼樣的反應呢——她不禁思考起這個沒有意義的問題。

——店門打開了。

激烈的雨聲與有點髒的土黃色大衣一起衝進店裡。

「嗯？」

「噢哇！」

土黃色大衣——穿著它的那名男子，一邊窺視外頭的情形，一邊快速關上門。那舉止看起來實在不像是來買玩具的客人。

「——是你？」

大概是看到意料之外的臉孔，只見老闆驚呼一聲，從座位上抬起腰。

「嗨……好久不見了，大叔。」

闖入者只答了這麼一句，就一副精疲力盡的模樣，當場坐了下來。

「原來你回來啦。」

「對，我是來工作的。雖然提出這樣的要求有違人情，但能不能借我躲一下？我被有點惡質的傢伙盯上了。」

「你還在……」

「請問……」潘麗寶有點猶豫地插進對話中。「你們認識嗎？」

老闆瞄了她一眼，用難以啟齒的表情說道：

「他是我女兒幾十年前看上的男人……後來這個男人拋棄了因此建立的家庭，離開了懸浮島。」

「哦。」

這樣聽起來確實是個渣男。得知這件事後，她再次打量男子的面孔，果然長著一張可疑得要命的狐徵族臉……

（……嗯？）

她覺得自己似乎在哪裡見過這個人。但他並不是護翼軍的軍人，而且她認識的人也算不上多就是了。

不對，先別管這個。

「既然情義已盡，那把他趕出去比較好吧。」

潘麗寶靜靜站起身，靠在窗邊的牆壁上，就這樣窺探著外頭的情形。

一股彷彿緊巴著皮膚似的奇異敵意在周遭飄盪著。

看來那男的聲稱自己被惡質傢伙盯上的事情並不假。不是被醉漢找麻煩這種程度的小事。即使是職業殺手一類的人物，也不會散發出如此凶惡的氣息。

「——是那個吧。」

在煙雨朦朧的視野中，道路的對面，離這裡有一點遠的建築物屋頂上，有某個東西在那裡。

那是一個巨大的灰團。

仔細一看，便發現那是塊頭非常大的某個人，身上穿的灰色長袍彷彿是纏上去的。明明光是在場就給人相當大的壓迫感，但那承受著風吹雨打卻屹立不搖的姿態，反而讓人完全察覺不到存在感。

「很強耶。」

貼著另一扇窗的可蓉嘀咕出這一句話。

潘麗寶的看法與可蓉如出一轍。那傢伙所走的方向跟她們在護翼軍經常過招的猛將截然不同，腕力、身法、體術理論和體格等等都來自於截然不同的地方，是那種在截然不同的戰場上發揮本領的強者。這是她從眼前的怪物身上感覺到的。

不僅如此。

「那種傢伙應該不只一人，這一帶都散布著相似的氣息。雖然要打也不是打不過，但絕對會引起很大的騷動。」

「……是啊。」

潘麗寶思考著該如何處理。

雖然她很在意為什麼城內會出現那種形同怪物的東西，但她也可以理解廣闊的懸浮大陸群確實有可能存在那樣的種族。若是如此，那種傢伙便也是她們該守護的對象……對他們動武的話，嗯，應該不太好。

「唔～……」

莉艾兒低哼著。

回頭一看，便見她就這樣抱著那個玩偶，瞪著闖入者。

闖入者本人似乎也注意到莉艾兒的存在，那張精疲力盡的臉緩緩地抬起來，看到莉艾兒後——

「啊。」

他的反應簡直像是遇見了知己。

「我記得妳是黃金妖精——」

這時候，潘麗寶也終於想起來了。

「你就是上次潛入護翼軍用地的無良記者吧。」

記得他當時報上的名字是貝爾托特．席斐爾。不過，這應該是假名沒錯。

「咦？」

那個人用困惑的眼神看著她。她懶得解釋，便摘下帽子露出頭髮。

「——妳是當時的！」

自稱貝爾托特的人似乎也察覺到了。

「既然說是無良，代表他是壞人吧。」

「畢竟都說是無良了，那當然是壞人。」

「這樣啊。嗯，我知道了。」

可蓉的手開開闔闔，意思是「要把他扔出去嗎？」。

「哎呀，兩位小姑娘先冷靜一下。」

「看樣子，外面那個灰色長袍人也是採訪對象，然後你觸怒對方了吧。」

「沒啦，並不是那樣……呃，好像可以這麼說。」

「好，我要把你扔出去。」

「不是，等一下，請等一下！」

他慌張地揮動雙臂，莉艾兒則「唔～」地低哼著。

潘麗寶帶著微笑看著這副情景，然後再次思考起外面的事情。

（現在並不是開玩笑的時候吧。）

這毫無疑問是很棘手的狀況。雖然她是因為不打算袖手旁觀，所以才表明黃金妖精的身分，但連該以什麼立場插手這件事都沒那麼好決定。

還是先繼續觀察外面的情形，等那個灰色長袍人採取行動再說——

這些思緒似乎稍微削掉了她的注意力。有一瞬間，外面飄盪的氣息在微微晃動一下後，數量便減少了。

「……咦？」

她察覺不到交戰的氣息。

不對，並非如此——她後來稍作思忖便得出結論——交戰確實發生了。只是因為下手得太快太精準，她才會無法在那個當下察覺到。恐怕是完美地掌握住對手的呼吸，選擇氣息不會動搖的時機，奪走對手的意識。這是熟練殺手的一貫行逕。

屋頂上的灰色長袍人似乎也有察覺到這股異狀。從店裡可以看到他轉動腦袋，正在探查周遭情況。

然後，潘麗寶這次終於看到了。

黑色。

某個只看得出是黑色的東西，穿過了視野。

（咦——）

一瞬間，她的內心沒來由地被攪亂了。

就連意識這一點而要追過去也來不及了。那東西在並排的商店屋頂上奔跑，然後使出某一招——恐怕是一記打擊——命中那個灰色長袍人。只見灰色長袍人的巨大身軀帶著砲彈般的勢頭，幾乎呈一直線地被打上天際。

（……啊？）

莫名其妙的景象依然在持續。灰色長袍人在空中翻身調整姿勢，降落在不遠處的地上。那個黑色的東西早已消失無蹤。令人窒息的殺氣充滿四周，應該是灰色長袍人散發出來的吧。

不久後，他的氣息也逐漸遠去。

「……剛才那究竟是怎麼一回事？」

可蓉低聲吐出這一句話。潘麗寶的看法也與她如出一轍。身分不明的兩個東西，經過看不出所以然的交錯後又離開了。簡直就像是被惡質的魔物迷惑了一樣。身為同樣會迷惑人的妖精嘍囉，那是會威脅到她們自尊的——不，怎麼可能有這種事。

剛才那個黑色物體的動作。

她總覺得——有在哪裡見過。

看似平庸的動作，實則已經超出常理之外，屬於高手的體技。

她覺得自己有親眼見過，甚至親身體會過，但沒辦法清晰地想起來。

徒留類似焦慮的不安定感，將內心深處攪亂成一團。

「那些傢伙到底是什麼來頭？」

她的語氣彷彿在呻吟，但確實是在詢問貝爾托特。

「那不是城裡常見的地痞流氓。你應該不會到這時候還想隱瞞吧？」

「呃……好吧，我也沒保密的理由。」貝爾托特撓了撓頭。「我在四處採訪時，那邊就派了一群人來跟我接觸，要我提供能夠攻擊護翼軍的資料給他們。」

「你答應了？」

「怎麼可能啦，我是記者耶，又不是情報販子。」

「……不都一樣嗎？」

「情報販子賣的是個人需要的真相，記者則是賣大眾想看的故事，相似之處可是很少的。」

「啊？」

這男的似乎也對自己的職業抱有一定程度的自尊，並因此拒絕提供資料。老實說，她無法理解，甚至覺得根本無關緊要，但為了延續話題，她決定只聽進這樣的前提。

「反而是我對那些人本身產生了興趣呢。我本來想再次向他們提出採訪的要求，但在那之前，他們就表示『你不說的話，就用拳頭讓你說出來！』……然後就演變成這種情況了。所以，他們的詳細來頭我才想知道哩。」

說著，他的眼睛微微瞇起。

雖然他的口氣像是在說笑，但潘麗寶覺得他剛才那番話是認真的。

「那麼，趕跑那些人的黑影又是什麼？」

「同上……詳細來頭我也想知道啊。」

有一點話中有話的感覺，但這應該也不是在說謊。

「就是因為你不跟那些居心叵測的人斷絕來往，才會變成這樣啊。」

對於老闆的中肯意見，他只用「呀哈哈」的困窘苦笑來帶過。

「……好啦，既然可怕的傢伙好像都走了，那我就趁現在告辭吧。」

貝爾托特慢悠悠地站起身。

「等一下。都來這裡了，連骨灰盒都不去看一眼嗎？」

老闆責備似的說道，而他則露出模稜兩可的笑容——應該吧——作為回應。這大概是拒絕的意思，因此老闆沒有再多說什麼，潘麗寶和可蓉也無法追問更多。

「對了。」

他將手放在門把上往下壓之後，轉過頭來。

「小姑娘們，我這不是在採訪，只是單純就個人興趣請教一下，妳們來這一帶該不會是在找誰吧？」

「啊？……不是，只是放假而已。」

「耶？」

他發出呆傻的聲音。

「哦……呃……也會有這樣的情況啊……」

「你要問的只有這個嗎？」

她反問回去後，貝爾托特像是想起什麼似的說道：

「呃……這個嘛，我再問一題就好。妳們賭上性命保護了我們，但我們卻毫不知感恩，還像現在這樣試圖剝削妳們。對於這一點，妳們有什麼看法？」

「沒什麼。這不過是我們為自身因素奮戰的結果，順便幫到了你們而已。我們沒打算要你們領情，隨你們喜歡就好。」

「原來如此。這聽起來……還真是一點也不有趣呢。」

「抱歉啊。」

「不會，嗯。謝謝妳告訴我這麼寶貴的事情。」

貝爾托特用洩氣的表情微微點頭。

「……抱歉打擾到你們了。」

他離開了商店。

「真的是來製造騷亂的。」

老闆瞪著關上的門扉，一臉不滿地發著牢騷。

†

雨已經停了。

由於氣氛也不適合繼續閒聊，於是三人便離開了商店。莉艾兒緊抓不放的那個玩偶，老闆用「家門之恥那種令人羞恥的可恥行徑讓妳們見笑了」這個跟剛才不同的理由，給她們打了非常多折扣。雖然這件事本身很值得感恩，但應該沒必要這麼強調「恥」這個字吧。

茜色晚霞將各處的水窪染上相同的色彩。光是走在路上，就有一種漫步雲端的感覺。

「太好了呢，莉艾兒。」

「嗯！」

裝著玩偶的袋子要讓莉艾兒抱著還是太勉強了，所以現在由可蓉抱在臂彎裡。

「時間有點晚了，資金也花得差不多了，我們直接回去吧——」

說到一半。

潘麗寶感覺在視野一角看到了異物，便回過頭。

視線前方什麼都沒有，只是熟悉的萊耶爾市街景。

「怎麼了？」

「沒什麼——」

她看到了……不對，是感覺看到了黑色的某種東西。

儘管沒有清楚看見，腦中還是聯想到了一個身影。有著黑色頭髮與黑色眼瞳，而且還穿著黑色衣服的無徵種青年。

「——不可能的吧。」

她否定了自己的想法，然後搖搖頭。

那個人已經死了。雖然她當時不在場，但幾個親朋好友懷著深深的悲痛，將這個事實告訴了她。因此，這種地方，不對，是這世上的任何地方都不可能看到他的身影。

應該是她下意識地還在想著剛才的奇妙體驗。的確，如果是他，不管學過、使出什麼樣的體技，都沒有什麼好奇怪的。

「難道是戀父戀出幻覺來了嗎？哎呀呀，看來我也出乎意料地具備可愛的一面呢。」

她哼了一聲，挺起胸脯。

「可愛？」

「嗯，就是可愛。」

「可愛！可愛！」

莉艾兒拍拍手，感到很開心。

潘麗寶一邊揉亂莉艾兒的頭髮（結果被討厭了），一邊追著自己拉得長長的影子，踏上回家的道路。

5. 相信之心

會害怕也是正常的。

從護翼軍第五師團精挑細選的強者集結一堂，呈現出有如肌肉博覽會的模樣。其中九成是大型獸人，其餘則是爬蟲族。每一個人都擁有與熊搏鬥也能勝出的精壯體格，以及與之相稱的長相。現在這個房間裡擠滿了二十多名這樣的壯漢。

集二十多人的視線於一身，讓銀詰草嚇得完全無法動彈。

「好了好了～請大家安靜～接下來，將由這位特別臨時技術顧問來說明這次的作戰概要喔～」

拍拍手吸引眾人注意後，擁有二等武官待遇的艾瑟雅．麥傑．瓦爾卡里斯用輕浮的口吻，對僵在原地的銀詰草說道：

「哎～別擔心，雖然這些傢伙長這副模樣，但他們不會咬人也不會吼叫的。」

「好……好的，不要緊，我明白的。」

她用一點也不像不要緊的嗓音這麼說道，然後如同機械裝置一般僵硬地連連搖頭。還可以聽到她小聲地對自己信心喊話——不要緊冷靜下來把他們想成南瓜或高麗菜就好了可是有這麼大的南瓜嗎。

「——關於〈沉滯的第十一獸〉，我會將這次作戰應該具備的基礎知識告訴各位。」

嚴肅且強而有力的眼神集中到銀詰草身上。不要緊冷靜下來跟平常的大賢者比起來這就像小貓一樣。

「如各位所知，那種擁有黑色結晶形態的〈獸〉，用一般打擊砲擊是起不了作用的。進攻方式非常有限，而且時間也所剩不多了。因此，這次要請大家毅然攻擊那頭〈獸〉源自於名字的本質。」

窗邊靠後的位置，有一名獸人士兵打了個呵欠，隔壁的傢伙則賞他一記肘擊。一般人受到這記超重肘擊，恐怕要做好會斷掉三根肋骨的心理準備，但那個獸人只是有些不好意思地靦腆了起來。

銀詰草用快哭出來的眼神回過頭。

艾瑟雅豎起大拇指並眨了下眼睛，向她傳遞「加油喔」的訊息。

「——Croyance這個名字所代表的意思是『堅定不移的信賴』、『信仰』，而這次則應該追加『依賴心』此一解釋。雖然每個意思都稍有不同，但確實是接近本質的詞語。因為，每一種都是從其他人身上獲取對於問題的結論的行為。」

南瓜南瓜南瓜。

「而我們既然身為從事社會活動的生物，這些就是絕對必備的要素，基本上屬於美德。不過，凡事都是如此，過頭就會有害。正因如此，Croyance這個詞非常適合當作這頭〈獸〉的名字。那個巨大黑色結晶，是各種物質受到『你也一樣變成石頭吧』這種強烈的邀請後，竟然追隨而去所落得的下場。」

一隻手舉了起來。

那是大到能把銀詰草的腰直接掐碎的手。

「啊，請說，高麗菜先生。」

高麗菜先生？

房內並排站著的面孔同時浮現出問號。

「啊……啊哇，那個，失禮了，呃，那邊的先生請說。」

「我是不曉得其中的原理啦，但〈第十一獸〉是與我們長期對峙的對手，所以大致的印象還是有的。我們的對手就類似傳染性高的瘟疫沒錯吧。」

「這個……」

「不過這樣一來，現在該在這裡的不是防疫班那些傢伙嗎？照目前這裡的陣容來看，是可以去開飛空艇和打大砲，但這麼做並不能治好病吧？」

周圍的士兵紛紛點頭。

「這是因為——性質和瘟疫還是有一點不同。疾病絕對不是連為一體的，即使治好一個人，周遭其他人也不會因此痊癒。然而，構成〈第十一獸〉的物質，直到現在依然持續地『模仿周遭』。也就是說……」

說到這裡，銀詰草嚥下一口唾沫，鼓足勇氣宣告道：

「讓模仿的範本，尤其是對周圍的影響力最強的核心直接變質的話，連為一體的〈第十一獸〉整體都會跟著產生變質。根據做法的不同，還可以讓它直接崩毀。」

「崩毀。」

有人小聲嘟囔著這個詞語。

不論是誰，都沒辦法認為這是具有現實感的詞語。畢竟至今以來，那都是幾乎不可能破壞的，猶如惡夢一般的物體。明明就大搖大擺地飄在附近的天空，但身為護翼軍戰士的他們卻始終拿它沒辦法，就這樣生活至今。

能夠讓那東西崩毀。

亦即——可以打倒〈獸〉了。

有人的喉嚨在作響。

有人的喉嚨發出了「噢」的聲音。

有人的吐息在「噢噢噢」地顫抖。

接著，轉瞬之間。

哪裡還顧得上開作戰會議。震耳欲聾的鼓掌聲和歡呼聲充滿了整個房間，在建築物附近的人都被嚇得接連停下腳步，艾瑟雅樂呵呵地笑著，至於銀詰草則「咿呀」地發出誰也聽不到的尖叫聲，躲到桌子後面。

†

「哎呀～真的是很棒的說明喔。妳有心還是做得到嘛～」

「我我我再也不會做第二次了啦！」

「那真不湊巧，現在我們軍中並沒有餘裕放著有能力的人不用喔。要恨的話，就恨說來說去結果還是做得很好的自己吧。」

銀眼族露出快哭出來的表情，抽抽噎噎。

潘麗寶「哈哈哈」地開懷一笑，說道：

「很棒的說明喔，特別臨時技術顧問。雖然我還是聽不太懂。」

「我也聽不太懂耶。」可蓉偏過頭。「……意思是，只要找到頭目並加以說服，就可以連同手下一網打盡嗎？」

「什麼嘛，妳的觀念不是很清楚嗎？當作是這樣就可以了。」

「當作是這樣就可以了嗎～？」

可蓉懂歸懂，但似乎無法接受。只見她的腦袋歪得更偏了。

「唔嗯。」潘麗寶思考著。「不過，就算成功查到頭目的所在位置，對手一樣還是〈獸〉吧。所謂的說服要怎麼做？如果能用錢財美色收買就省事多了。」

「哦～錢財美色的想法不錯耶。萬一有效的話，可以派妳們去色誘嗎？」

「無所謂啊，如果真的有效。所以，實際上到底是怎麼樣？」

「事實是這部分仍然很傷腦筋呀。最起碼還沒有找到能夠保證效果的方法——話雖如此，現在還有一點時間，我會想辦法的。」

潘麗寶忽然感到不太對勁。

「聽妳的口氣，目前找到的是不能保證效果的方法嗎？」

「……是啊。不過，我不打算嘗試喔。」

「為什麼？能做的事情應該全部都要試試看吧？」

「因為那是根本沒得商量的事，所以不會試的啦。」

艾瑟雅呀哈哈地笑著，但潘麗寶沒有漏掉她眼角的少許陰霾。而且，光是看到那張表情，她不知為何便察覺到了艾瑟雅試圖隱瞞的事物。

說到底，〈獸〉之所以不死，是因為它們沒有死的概念。

說到底，黃金妖精這種兵器之所以能夠殺死〈獸〉，是因為她們以接近死亡的魔力為媒介，把死的概念刻入它們體內。

當然，這是包含著一定程度比喻的說法，並非一切都如同字面上的意思。但與此同時，那也是一定程度上表現出現實的比喻。因此——

（抵達核心，用遺跡兵器砍下去了結它，這個方法也不在艾瑟雅學姊的考慮之內。就算把石頭斬碎，依然不改那是石頭的事實。縱然把〈第十一獸〉剁得七零八碎，也沒辦法使其變質。）

潘麗寶未說出口，也沒有表現在臉上，就這樣得出一個結論。

（只要是「斬擊」以外，具備足以統一消滅的效果範圍與威力，就有一試的價值。而我們有這種方法。）

妖精鄉之門。

那是黃金妖精身為無限接近於死者的存在，盡全力催發與生命力相反的魔力導致失控後，所引發的大爆炸。

過去在對抗〈第六獸〉的戰場上，作為護翼軍的殺手鐧而留存至今的攻擊手段。即便種類不同，只要對手同樣是〈獸〉，當作殺手鐧使用的機率絕對不低才是——

「潘麗寶？妳沒在想奇怪的事情吧？」

「——哦，抱歉。」潘麗寶若無其事地回答。「我在思索要去哪裡才能籌措到可以魅惑〈獸〉的化妝品。住在九十幾號島的魚面族代代相傳的戰妝好像滿不錯的，妳覺得如何？」

「嗯，看來妳在想的事還真是奇怪到了極點呢。」

艾瑟雅對她感到無言。

「總之，現在需要的是更進一步的線索以逼近敵人的本體和弱點。為此只能不斷進行調查了。所以妳們兩個暫時還要繼續穿那種鞋子去現場喔。」

6. 貝爾托特

——這不過是我們為自身因素奮戰的結果，順便幫到了你們而已。

（真是不好對付的小姑娘啊。）

貝爾托特思考著。

如果只是一個善良的人，只是一個試圖犧牲自己拯救世界的英雄，那還比較好。如此一來，他就能利用這樣的善性撰寫一篇指責護翼軍有多陰狠毒辣的報導，盡情炒作表面的話題。但是，在那個少女身上找不到那種簡單明瞭的善性。

那是……沒錯。

是對世界毫無關心。

她真的沒有要拯救世界的打算，也絲毫沒有要守護這個世界的居民的意思。她所看著的，只有那雙眼實際看到的事物；她願意伸出援手的，只有那雙手能夠觸及到的人。

就像是親鳥為了保護自己巢裡的雛鳥，而阻止了森林大火。儘管結果是守護了整座森林，但當事人在乎的只有雛鳥的安危而已。

縱然是他這種良心都消磨掉的人，都不認為這種心態是正確的，甚至覺得是一種病態，很令人悲傷。

與此同時，他也有這樣的想法。

並不是出於正義、義務、職責或機能，只要其行為能夠保護、拯救周圍的人，那就是極度有意義的事情。而且，如果同樣的事誰都能做，世界就會比現在更好一點吧。

（……也就是說，不管今天還是明天，世界都一樣堆滿了垃圾。）

除了大眾的好奇心和自尊心之外，什麼都沒有守護到。有如此自覺的男人，露出陰鬱的笑容。

說起來。

岳父有問他怎麼不去看骨灰盒。

光是想起這件事，他的內心就一陣騷動。也許他該當作有趣的玩笑而一笑置之；又或者，他應該激動地大罵「開什麼玩笑！」才對。

骨灰盒，指的是收納遺骨的盒子。而擺在那個家的扁柏盒子裡，別說遺骨，連和往生者有關連的東西都沒有。因為五年前災難發生的那天，她們一行人就在三十九號懸浮島。遭到〈獸〉吞噬的肉體，哪怕是一絲一毫都不可能回來萊耶爾市。

當時，只有丟下家人去工作的自己逃過一劫。

貝爾托特如今認為，反正就是如此。連家人都無法守護的人，什麼也守護不了。捨棄家人後，只能緊緊抓住宛如代價一般持續至今的工作。這世上肯定有不少像他這樣的人。無法守護某個對象的人，不可能理解被某個對象守護的價值。

或許……所謂的世界滅亡就是由此開始，不斷往前推進下去。思及此，他又露出陰鬱的笑容。

†

留在當地採訪時，不住在旅店裡。

這是那個化名貝爾托特的男人的作風之一。

在自由記者這行做久了，偶爾會被地下行業的人追殺。反覆經歷過好幾次這種事情後，他學到了一個教訓。那就是在被追殺之前，日常生活中就要做好甩掉追蹤的準備。

他在郊區租了一間廉價公寓住宅，而且租期比實際使用時間更長。這是最好的辦法。他為了一週的停留期間租了一個月的據點。雖然很浪費，但這份浪費也能保障他的人身安全……尤其行事嚴謹的對手在追捕外人時，會先查閱市內的住宿登記簿。

（不過，我這次不打算鋌而走險就是了。）

貝爾托特覺得情況變得很麻煩。

當然，這並不單純是件壞事。他的工作就是要一頭栽進麻煩裡，有時候還要到處揭開別人的傷疤。有麻煩幾乎等同於有利可圖。

這次選作據點的公寓位於萊耶爾市紀念館地區外圍。他後來才發現不該單看房租就選擇這裡。不僅沒有負責維護環境的人，前往市中心的鋼索籠還停駛了。對於像他這樣的記者而言，腳能到的距離就是筆能到的距離。每次外出採訪都必須走相當長的一段距離是滿嚴重的問題。

「我回來嘍。」

他朝房內喊了一聲，但並沒有期待有人回話。倒不如說，他也不懂自己為何這麼做。要硬塞一個理由的話，就是率先表明自己沒有隱匿氣息，藉此讓對方放下警戒。狐徵族本來腳步聲就很輕，很容易被懷疑藏有企圖。

不過，房內的那個男人應該不需要這份顧慮。不管消除腳步聲還是怎樣，都不可能在不被察覺的情況下接近他。

那個男人果真泰然自若地待在那裡。他坐在沙發上，用呆滯的眼神注視著報紙。

「剛才謝啦，多虧你才能得救。」

那個男人似乎微微點了點頭。

他有著一頭彷彿用木炭熬成的黑髮，以及了無生氣的黑色眼眸。由於是無徵種，貝爾托特判斷不出他的年齡。只看外表非常年輕，但那舉手投足卻像個行將就木的老人。

這男人的態度很冷淡，明明應該不是不能說話，但大多數時間連一聲都不吭。他絕對有麻煩事纏身，甚至還遭到護翼軍私下通緝。但是，他確實是個很有本事——儘管貝爾托特不確定他的境界能否用這一句話帶過——的人。

剛才把那些灰色傢伙趕走的，應該就是這個男人吧。

他回想那些灰色傢伙。那是每個人都穿著灰色長袍，光看外表就很可疑的集團。他告訴黃金妖精的事情是真的——那些傢伙想要護翼軍的情報，而且目的是為了攻擊。極有可能不久後便會展開某種破壞行動。

（淨是些來歷不明的相關人物，實在是有夠討厭的……）

黃金妖精、這個黑色男子、灰色長袍集團。雖然每個都是很棒的新聞題材，但如今危險都要降臨到他自己身上了，還是必須趕緊對那些灰色長袍人採取對策才行。

（該再深入調查一下嗎？）

他很快就打消了這個念頭。

那些傢伙的情報縱然可以賣得高價，但金額也沒有大到值得一再以身涉險，所以不適合當作閒暇之餘的外快，更何況當前盯上的獵物已經夠難對付的了。

「那些灰色的傢伙看起來實在很危險，我不想靠近他們，不過，你知道些什麼嗎？」

為求慎重起見，他還是嘗試詢問看看，但沒有回應。

那個男人只是繼續看他的報紙。

「啊，對了，我也確認了一下正在追捕你的護翼軍動向，但總覺得情況不太尋常呀。他們是私下對你發布通緝，搜查員也被壓到最低限度，而且還嚴令發現後只能回報，不許接觸。真搞不懂他們到底是不是真的想找到你。」

沉默。

「我說你啊，是因為幹了什麼才被追捕嗎？」

沉默。

「那種通緝方式，是連通緝對象的存在都必須謹慎保密。如果只是一般惡行，不會做到這個地步。你是什麼重要人物嗎？」

沉默——

貝爾托特放棄繼續追問。算了，還不需要著急。今天因為上演了意外的逃亡劇，搞得他已經筋疲力盡，肚子也餓了。他把從路邊攤買來的兩人份便宜炸馬鈴薯和焦烤骨組合放在桌上。

這時——他察覺到一件事。

男人的眼睛確實是注視著手上的報紙。但他的視線並沒有在閱讀報導，而是一直盯著同一段記述。

那是在科里拿第爾契市登場的，自稱「魔王」之人的相關記述。

寫的是相傳為襲擊懸浮大陸群的一切災厄的幕後主謀，一個名為費奧多爾・傑斯曼的墮鬼族。

「你該不會也在恨那傢伙吧？」

貝爾托特沒抱什麼期待地問道。

「就是那個什麼魔王的。」

「——沒有。」

竟然得到了回應，而且還是自然的人聲。

在驚訝的貝爾托特面前，黑色男子緩緩地搖了搖頭。

「不認識的人，沒有任何感觸。」

「這……這樣啊。」

「只不過……啊，對了，我想到一件事。那是True World的實驗動物。」

「哦……咦？」

「真界再想聖歌隊（True World）。那是在有點久遠的過去，懷有許多企圖的一群傢伙，聽說其中還有對生物施予詛咒進行強化改造的研究。我殺掉那種實驗動物的感覺，和剛才毆打那些人的感覺很像。」

他用沒有任何感情的淡淡嗓音，滔滔不絕地說道。

「不是吧，呃，可以稍微停一下嗎？」

他之前根本沒說過話，貝爾托特甚至以為他可能不會講大陸群公用語。就算他突然流暢地說了一大串話，貝爾托特一時之間也只會感到不知所措，沒辦法理解他所說的內容。

「你到底在說什麼……」

「你剛才不是問我知不知道那些灰色傢伙的事嗎？」

搞不懂。

這傢伙在說些什麼。這傢伙知道些什麼。

雖然事到如今問這個有點晚了……不過，這傢伙到底是什麼來頭？

「那是從前艾爾畢斯進行的〈獸〉研究的副產物吧。也許是把古代的研究資料從地表帶了上來，又或許是在天上進行的研究成果碰巧得出了相似的手法。不管怎樣，都相當了不起。」

「等等，所以你到底在說什麼……」

「我在說那些傢伙很強。現在這座島上的護翼軍戰力終究是用來對抗〈獸〉的，不適合用在局部地區的鎮壓上。萬一他們真的引發暴動，護翼軍恐怕應付不來吧……哦，我能說的只有這些了。接下來隨你高興吧。」

什麼隨你高興？

「不再接近也好，阿諛諂媚也好，寫成報導也好，跟護翼軍通風報信也好。聽完我這番話之後，你有何打算？」

他的聲音一如既往地感覺不到任何像是情感的東西。

任憑貝爾托特再怎麼緊盯著他的表情，也看不出這個形同試探的問題的真正目的。

不是吧，你這傢伙，到底想從一介無良記者身上套出什麼啊？這句問話反射性地就要脫口而出，但立刻消失了。舌頭太重，動不太起來。

他嚥下一大口唾沫。

「我——」

自己與他人都認同的無良記者，在自己內心尋求問題的答案。

「站在身旁之人，彼此握起的手」

-bond of morn-

1. 不是英雄的人們

英雄、英雄、英雄。

這個字眼把每個人要得團團轉。

無論肯定還是否定那種存在方式，無論懷抱著憧憬還是厭惡，到頭來都是相同的。

進行守護的某個人，帶來救贖的某個人。將這號人物的存在當作前提，再來選擇自己的立場。

†

讓穆罕默達利．布隆頓醫師改變心意的，是在某個商會的安排下送到他手上的一份調查報告。上面記載的事情是穆罕默達利以往未曾想像，但理應要有所預期的幾項情報。

懸浮大陸群的主要軍事勢力，以黃金妖精為素材的兵器開發現狀。

五年前那時候，艾爾畢斯的研究員確立了把未成熟的黃金妖精當作一種燃料來啟動裝甲兵器的技術。後來沒多久，艾爾畢斯國防軍便連同祖國一起被消滅了。根據護翼軍的調查，當時的核心研究員全都在那樁事變前後喪命。因此，他樂觀地認為，那種技術應該也落得和開發者相同的命運。他想要如此相信，不願再深究下去。

明明這是不可能的事情。

現實是這樣的。讓妖精兵以生存的狀態發揮出力量，需要有護翼軍具備的——實際上是穆罕默達利醫師個人具備的獨門技術，以及龐大的資料。連基礎研究都沒完成的其他組織為了模仿這項技術，只能不斷使用妖精兵進行實驗。像是肉體與精神的極限，還有她們對各種藥物的抗性和副作用，以及魔力的性質和控制極限。那些人就像懵懂無知的孩童蹣跚學步似的，只能在不斷的失敗中一步一步地學習。

二十九人。

這是報告裡寫的，目前查出這五年來因研究而犧牲的妖精總數。細項為貴翼帝國十一名，北森邦九名，涅斯特海爾威四名，再加上其他都市和組織的數量。由於必須瞞著護翼軍的耳目蒐集，所以黃金妖精這項資材算是頗為稀有，並沒有如流水一般被大肆消耗，這或許是唯一還算能接受的一點。

「這發展確實很合理吧。是我的想法太溫吞了，要猜到世間會有這樣的動作並不是什麼難事。」

看完報告，穆罕默達利一臉難受地仰望天花板。

單眼鬼是長壽種族，而長壽種族有很多理智的人。在人生當中培養下來的固定觀念的累積直接被當作常識，長壽種族所積蓄的絕對量很容易就超越其他種族。當然，積蓄內容的不同會產生劇烈個人差異，但任何人的思維一定都很容易傾向以「自己認知的規則」所具備的價值為重。

因此，他很容易忘記，那些相對短命的種族比起常識或理智，通常更注重眼前的目的。

從那之後，他一連苦惱了好幾天。

問題的根本在於，黃金妖精沒有被正式承認為智慧生命。不管怎麼捕捉怎麼消耗，都無法用大陸群的規則究責。縱然外表酷似雌性無徵種，但死靈就是死靈，是自然現象的一部分。這就像累積的雨水一樣，任憑誰以何種方式消耗都是無法可管的。因此，一旦「可以把她們當作武器」這樣的想法傳開來，便再也阻止不了摸索這個方法的人們。

如果說有什麼是能做的，那就是換一個截然不同的思路。

比如說，對「沒有被正式承認為智慧生命」這件事投下一顆巨石引起軒然大波。趕在法律修改完善之前，以閃電般的速度讓黃金妖精這種擁有個人意志的存在為世人所知。確立她們身為重要人物的地位，促使輿論攻擊「無情剝削」這一點。

這正是費奧多爾．傑斯曼想要的解決方法。實際上，這也正在這世上進行當中……

但是──

「光是如此，還不夠。」

的確，往後要在這世間剝削黃金妖精就沒那麼容易了。然而，繼續剝削她們進行研究的意義依舊存在。縱使犧牲減少了，也不會降為零。

穆罕默達利醫師很清楚，與這件事有關的最重要人物依然是他自己。在他這顆堅固的腦袋中，幾乎直接囊括了世上人們以犧牲黃金妖精追求來的智慧。

舉例來說，若是直接把這些智慧盡數公諸於世，那種要犧牲許多黃金妖精的基礎研究就沒必要再做了。雖然他實在不認為這是明智的做法，但至少這是他心中的一個選項，但是──

「即便如此，還是不夠。」

這麼做，終究只是一時的權宜之計。

要是有希望在公開技術上追求更進一步的突破，當然就會因此出現新的犧牲者。而且這件事必定會透過獲得公開情報的人之手發生。而他沒辦法參與這些事情，無法知道哪裡發生了何事。

那麼，他該怎麼辦才好？

不只是現在已經開始存在的黃金妖精，如果希望能將某種庇護傳遞到未來，這雙巨大的——僅僅只是巨大的手掌，到底能夠做些什麼？

†

「真的假的？」

艾瑟雅．麥傑．瓦爾卡里斯瞪大了眼睛。

「那位醫生答應了嗎？要出售我們的調整法？」

「不是，情況似乎有點不一樣。我聽說穆罕默達利．布隆頓醫師不擅於應付突發狀況，但看來他在持久戰的競爭上相當強勢啊。」

儘管在談論衝擊性的話題，被甲族的語調並沒有憤怒和動搖。艾瑟雅對此感到納悶，便也壓抑住剛激昂起來的嗓音。

「所以是怎麼回事？」

「據說呢，一開始是橘榴石廣域商會來洽談，表示可以居中協調出售技術一事。只要將技術散播出去，就不會再有妖精被當作基礎實驗的犧牲品，對方把這一點當作誘餌。不過，這恐怕是費奧多爾那傢伙事前安排好的一部分吧。」

他們已經查到費奧多爾．傑斯曼在逃亡中曾接受橘榴石廣域商會的援助。理所當然會作此聯想。

「那位醫生即使答應要出售技術，但並沒有交出情況的主導權。」

「……意思是？」

「他打算收弟子，叫那些想要技術的組織把人才送過來。」

一陣沉默。

窗外，一隻不知名的鳥兒長長地啼叫了一聲。

「也就是說，他要辦學校？」

「就是這樣。他說這種技術本來就不是交出文件就能推廣出去。他交出的技術會怎麼擴散，會如何變化，會受到何種運用，他要讓自己留在可以掌握住這一切的立場。換句話說，對於接下來會發生的事，他想要擔下全部的責任，承受每一次的罪惡感。」

「哦……」

這還真有那個單眼鬼的作風。她只能苦笑。

「話說，調整技術是歸軍隊管理的，不能單憑醫生的一己之見做各種處置吧。而且他明明還在流亡中耶，上頭的人都沒意見嗎？」

「這就是難處了。『灰岩皮』雖然很不情願，但畢竟這項技術在五年前一度要售出，萬一拿出當時已經蓋章的文件，他也沒辦法採取強硬的態度。如果強行阻攔導致穆罕默達利變得自暴自棄，這才令人看不下去。」

「哦……」

這還真有可能會發生。她的苦笑更深了。

「那位醫生……有聽說了嗎？就是大陸群本身撐不到兩年這件事。」

「沒有。不過，就算他聽說了，應該也不會改變念頭吧。」

「這個嘛……嗯，說得也是。」

很容易就想像得到。他大概會驚訝、嘆氣、苦惱，然後選擇「減少這兩年受苦的黃金妖精」這條路。既知無法逃離的末日將來臨，他想必會試圖讓剩下的日子多少有所改善。

「是叫阿爾蜜塔吧？症狀特別嚴重的妖精會優先接受處置，但優蒂亞和瑪夏的話，可能就要等到那間學校開始運作之後才會進行調整了。畢竟是珍貴的教材，也不能期待學生**帶來的東西**。」

「能順利恢復健康就很足夠了啦……」

她疲憊地將背靠在椅子上。

「……在聽完好消息而放鬆下來的現在，可以進入我這邊的正題嗎？」

「哦，妳有事情報告對吧。怎麼啦，不是好消息我可不想聽喔。」

「你還是等降職或離職之後再耍那種令人羨慕的任性吧。依照慣例，我有一個聽了會想哭的超級壞消息，以及一個稍微好一點的好消息要告訴你。你想先聽哪一個？」

「比超級壞消息好一點的好消息是什麼……」

「ＯＫ～所以先從壞消息開始吧，不愧是一等武官，膽識過人。」

「妳真的是沒在聽人說話的耶。」

「因為我受過良好的教育嘛～」

艾瑟雅稍微撥了撥瀏海後，目光落在文件上。

「為了監視那位歐黛·岡達卡是否有入島，而在港灣區塊加派人員一事，其實有其他情報上鉤了。據說，某些風評不佳的商人所僱用的幾個私兵團，帶著裝備一起入島了。」

「哦……以前好像也聽說過，照這情況該不會……」

「疑點一，那些商人全都在過去的艾爾畢斯集商國建立過很大的據點。不過，集商國本身就是商業國家，光是這樣還不會讓人感到不自然；疑點二，那些商人最近全都因為不明原因而死亡。但他們做的生意好像本來就很容易結仇，或許是偶然在同一時間點被解決掉的也說不定。」

「順便問一下，妳是怎麼看的？」

「那是名副其實、正宗的正統派『艾爾畢斯的餘黨』吧。而且還來勢洶洶地想在這一帶興風作浪。」

「就是啊。」

被甲族仰望天花板，左右微微晃著頭。

「目標呢？」

「一定是這裡吧。事到如今攻擊萊耶爾市區，也只是讓快變廢墟的建築物變成廢墟罷了，連人員損傷都幾乎不會發生。除非突然在枯竭的礦山深處發現有新時代的超礦石之類的，不然鐵定是這裡。」

「超礦石啊，聽起來不錯耶。就照妳的提議去做吧。」

「好喔。」

她毫無誠意地回應一聲後，繼續說：

「總之因為這樣，基本上只要加強軍用地的警備就好了吧。這裡好歹是懸浮大陸群最強軍事力的基地，單純比較戰力的話，應該沒有輸的道理。不過以防萬一，還是要做好可以派兵到市區的準備。」

「妳真是毫不留情啊……那麼，就把目前掌握到的所有情資，還有能夠預測到的敵方戰力情報都送交給涅綺·畢奇二等武官吧。」

「咦，她已經回歸崗位嘍？不是還在發情期嗎？」

「聽說前幾天剛結束。雖然多少拖得比較久，但這種事也催不得嘛。」

禁慾的兔徵族(Haresanthropos)因衰弱而死的事情，古今比比皆是。也就是說，每個種族涉及性命的標準各異的觀念，還沒有徹底在懸浮大陸群散播開來，因此也會有人隨隨便便就要求他們禁慾。

「這樣的話，是不是該把對抗〈第十一獸〉戰線的前線指揮權還給她？」

「不用，按照原樣吧。涅綺．畢奇沒有和〈獸〉戰鬥過的經驗，而且把妳調去據點防衛戰也不合理吧。」

「這個嘛……也是。那麼，我就繼續擔任這份職務嘍。」

「妳就繼續吧。所以我期待已久的好消息是什麼？」

「好好好。不過，這算是之前報告過的事情的後續進展就是了。」

艾瑟雅輕輕地撓了撓後腦杓，咧嘴一笑。

「〈第十一獸〉的核心部位大致上已經確定。雖然剩餘時間緊迫，但應該可以開始歸納具體的討伐作戰了……因此，我需要總團長的許可，還有大量的捺印。」

2. 前往終結的天空

妮戈蘭說過：妳們四個老是膩在一起呢。

威廉也說過：喲，四個小不點，妳們總是這麼有活力耶。

而這四人——緹亞忒、菈琪旭、可蓉以及潘麗寶也沒有否定這一點。她們無論何時都在一起，無論何時都很有活力。

但與此同時，她們也很清楚。這樣的日子並不會一直持續下去。終結隨時會到來。

因為在遙遠的過去，她們本來有五個人。

因為突然失去摯友的滋味，她們已經體會過了。

第五個少女，其實應該是第一個人。她是很穩重的孩子，幾乎不怎麼主動講話，但只要是朋友說的話，不管多少她都會認真地傾聽。哭的時候很收斂，生氣的時候很可愛，微笑的時候很溫婉。她們非常喜歡她，她應該也非常喜歡她們，而她的名字是瓦蕾希。

「——呼。」

黎明的光線從外頭照射進來。

潘麗寶・諾可・卡黛娜醒來了。

不知道這算不算作了一個很懷念的夢。

她夢到當時的五人一起玩耍，但畢竟是基於幼年的記憶，每一張臉都很模糊，宛如隔著毛玻璃看到的情景。

她當然不是忘了瓦蕾希。不過，她也不會那麼頻繁地想起她。說到底，相較於當時，妖精倉庫的居民已經換了不少新面孔——逝去的不是只有瓦蕾希一人。沒什麼理由特別懷念她。

「唔……」

她揉了揉眼睛，意識還沒清醒。

迷迷糊糊地起身後，她從雙層床的上鋪跳下來。回頭一看，發現可蓉豪氣地把毛毯踢到一邊，正一臉幸福地呼呼大睡著。

一股惡作劇的念頭油然而生。

她靠近可蓉，在極近距離下窺看那張睡臉。

可蓉的肌膚粉粉嫩嫩的，看起來就像是送進烤箱前的生麵團。潘麗寶忍住想要揉捏一番的衝動，只用食指戳了戳她的臉頰，結果她從口中漏出「唔嘎」的神祕叫聲。

潘麗寶覺得她的睫毛很長。由於從來沒有在這麼近的距離仔細端詳過她，所以感覺有一點新鮮。潘麗寶用指尖輕輕一彈，她的眼皮便小小地顫動一下。

——她們原本有五個人。

十年前，瓦蕾希死掉了。

前陣子，菈琪旭死掉了。

在遠方陷入麻煩的緹亞忒，至今還沒有回來。

然後……眼下在這裡的，只剩她自己和可蓉兩人。

「下一個會是誰呢？」

她閉上眼睛，想像假想中的未來。那是失去可蓉，終究剩下一人的未來的自己。

這是距今已經很遙遠的事情，不過潘麗寶本來是個內心空蕩蕩的人。在受到其他四人感化為止，她都不曾有過像樣的欲求。和大家在一起後，她才學習如何笑，並成功實踐。

那麼，回歸孤獨的自己，又會失去一切嗎？還是說，回憶中的她們會支撐著她繼續展露笑顏呢？即使思索也得不出結論，而想當然的，她也不願實際確認這件事。

那頭〈第十一獸〉的核心位置已經確定了。

犧牲掉她們其中一人，或許就可以讓那個核心發生變質。而這等同於能夠將〈第十一獸〉整體破壞殆盡。

「…………」

這是艾瑟雅瞞著不提的事情，所以她也許不該探究這一點。但是，她還是會忍不住去思考。

自己和可蓉其中一個消失，只有其中一個留下來。這麼做，就能讓非常多的事物得救，達成非常多的目的。

敲門聲響起。

她站起來，彷彿拖著沉重的身體似的打開房門。

「妳們已經醒啦？」

某某蛇族四等武官……她不記得名字……正「咻咻」地用交雜空氣音的嗓音詢問著。

「哦……嗯，我的話如你所見，可蓉的話，我去叫醒她。」

「我看妳好像還沒睡醒耶。」

「對啊，我沒有醒得很舒爽。不過……懶懶地迎接早晨倒也滿不錯的。」

說完，她得意一笑——她想自己應該有確實露出笑容。

「真是悠哉啊。妳記得今天待會要做什麼吧？」

「嗯，當然記得。」

「那真是萬幸。從那部分開始說明我可吃不消啊。」

蛇族的嗓音沒有抑揚頓挫，不太能聽出情緒。不過，反正對方也是相同的情況，沒必要放在心上。

「雖然不是沒時間，但還要做準備吧。妳們趕快整裝完畢去作戰室，畢竟今天的調查關乎我們今後的命運。」

「我醒來了喲～！」

隨著簡單明瞭的蹦跳聲，她聽到背後的可蓉從床上一躍而起。

回頭一看，就見到可蓉朝天花板筆直地舉起拳頭。

「全新的早晨！我的全新開始！喝啊！嘿！」

她今天也吵吵鬧鬧地醒來了。

「……妳們兩個真是了不得啊。」

蛇族淡淡地低聲說道。

儘管看不出他的表情，但還是能理解他大概感到很傻眼。

「很多人這麼說過。」

「但可能只是神經比較大條而已。」

「這個也有很多人說過。」

蛇族不再說下去，聳了聳肩，把門關上了。

「嘿呀～！準備上工嘍～！」

可蓉一邊不斷揮動雙臂，一邊大喊著。

「喝～！喝～！」

實在太擾鄰了。但反正今天是最後了，應該不會有鄰居事到如今才因為這件事來抗議吧——潘麗寶這麼想著，視線移到牆上月曆。

今天的日期被大大地圈了起來。

圓圈的旁邊用小字寫著幾行備註。

今天本來是大型作戰的預計實行日。在幾個月前，她們來到這裡的那一天，就已經如此暫定了。從那之後時光流逝，狀況也多有變動，作戰的整體內容發生了巨大的變化。她們該在作戰中克盡的職責也產生相當大的不同。

精靈Ｔｙ・於三十九號懸浮島的戰鬥中開門，廢棄（預定）
精靈Ｃｏ・於三十九號懸浮島的戰鬥中開門，廢棄（預定）
精靈Ｐａ・於三十九號懸浮島的戰鬥中開門，廢棄（預定）

——大概是因為她們的存在本來就是機密，在護翼軍內部也沒有共享這項情報的緣故吧。各種文件在提到黃金妖精時，會因為部門的不同而有很大的出入。沒記錯的話，像精靈這樣的稱呼，以及省略部分個體名稱作為附註的記述方式，是儲備管理部門的做法。而想當然的，所謂的開門，就是打開妖精鄉之門的意思。

今天本來是有此計畫的日子。
今天本來是迎接這種終結的日子。
「唔……唔唔……唔！」
稍稍用力伸一個懶腰，潘麗寶略為緩解全身肌肉後——

「喝！」

彷彿要逼自己振作一般，她用力拍了一下臉頰。

「哦哦，妳很有幹勁嘛！」

可蓉將窗戶完全打開，臉上還帶著無所畏懼的笑容。

「畢竟，大家似乎期待著今天的我們能發揮出超越平時的神威啊。」

「嗯！」

可蓉活力充沛地點點頭……

她忽然像是想起什麼似的，視線落在旁邊的小床上。

莉艾兒在睡覺。

她們兩人互相點頭。

然後，事到如今才在小心避免製造聲響，放輕動作整理行裝。

「那麼——我們走了。」

她們對呼呼甜睡的莉艾兒留下這句話，便離開了房間。

莉艾兒在睡覺。

因此，她沒有問她們何時回來，她們也沒必要回答了。

†

咒燃爐劇烈地顛簸著。

準巨鯨級運輸飛空艇「鷹爪豆」。

這是目前三十八號懸浮島護翼軍所擁有的飛空艇中，號稱擁有最大承載量的一艘。並且，現在上面裝配著規模不輸給任何大型戰略艇的大量艦砲，具備最大級的攻擊力。

這艘飛空艇本來不是設計來戰鬥，是強行改造而成的。地板和牆壁的建材是歪的，連左右都沒有保持平衡，對控制翼的負擔沒有徹底分散開來，甚至還有幾個儀器失去作用。續航距離和機體壽命，另外再加上機組人員的搭乘感覺，全都犧牲到無藥可救的地步。

「……我要暈船了。」

雖然想去呼吸外面的空氣，但甲板上塞滿了莫名其妙的管子、金屬筒以及「危險勿觸」的標籤。只能去找通風稍微好一點的地方，無力地癱在那裡。

第二層左貨物區一角的資材搬運通道側邊，潘麗寶坐在大小正適合的木箱上，用空洞的嗓音喃喃說著。

可蓉也在同一艘飛空艇上，但她應該正在甲板上享受吹風的樂趣。她能精力充沛是再好不過的事情，實在令人羨慕。

「反正馬上就要到了，再忍一下吧。要不要喝藥湯？」

蛇尾族四等武官——她依然不記得名字，但感覺他似乎和費奧多爾很要好——這麼跟她說道。

「是我們的胃承受得住的藥湯嗎？」

「應該沒問題吧？可蓉剛才還喝得津津有味呢。」

聞言，潘麗寶覺得有道理，便接過木杯，將裡面的濃稠液體喝下去。一點也不好喝，而且留在喉嚨的餘味很噁心，害她有一種本末倒置的感覺，但胸口的反胃感倒是平復了一些……的樣子。

「謝謝，我應該好多了。」

「不用客氣……總覺得有點新鮮呢。」

蛇尾族的尾巴尖端看似心情很好地輕快搖動著。

「嗯？你指什麼？」

「因為潘麗寶妳總是神龍見首不見尾嘛。這是我頭一次跟妳說話還得到回應喔。」

「是這樣……嗎？」

說到底，她連跟眼前這號人物說過話的記憶都沒有。

「尤其是最近傑斯曼四等武官的……不幸事件啊，還有英雄風波之類的，更難跟妳搭話了。以前倒是很常和菈琪旭說到話呢。」

菈琪旭在那樁〈第十一獸〉於萊耶爾市區獲得解放的事件中失去意識後，被當作就這樣醒不過來而斷氣了。

「那時候，傑斯曼四等武官說他是嘗試使用了碰巧運來的新兵器，但照這樣看來……應該就是蘋果和菈琪旭其中一個吧？」

「是的話你會怎樣？寄予同情嗎？」

「這麼嘛，妳是怎麼想的？」

她覺得他不該用問題回答問題，但還是答道：

「當事人在自己選擇的戰場上，按照自身期望消耗了自己的性命。這是遂其所願了吧。」

「是……嗎？嗯，那我也這麼想吧。」

這是怎樣？她心想。

「我好歹是個服役時間算長的護翼軍人，經常必須在跟自己志向不合的地方賭上性命，也看過非常多必須為此犧牲的孩子。我只是希望這樣的孩子能少一個是一個，如此而已。」

「哦……」

原來如此。這番話讓她恍然大悟。

「謝謝你喜歡那兩個人。」

「不客氣。可以的話，我希望下次能以其他形式再聽一次這句答謝。」

她不明白這是什麼意思。

「跟這頭〈第十一獸〉的戰役終於要結束了。而且，如果能照這情勢走下去，妳和可蓉都保得住吧？這樣的話，感覺就可以確實地笑著恭喜妳們了。」

「哦……」

這番話再次讓她恍然大悟。

——一陣像是同時吹響好幾個尖銳哨子的異響。

這是警報。

可能是因為飛空艇本身塞滿了不同於原先設想的貨物，聲音傳不太進來。儘管聽起來多少有些吃力，但還是聽出了其中的意思。

那聲音的意思是「即將進入與敵方戰力的攻防狀態，全員備戰」。

「……啊？」

她覺得有哪裡不對勁。

飛空艇目前正飛在三十九號懸浮島的上空。眼下當然是一整片的〈第十一獸〉，但這次的攻擊目標只有它的核心區域，而且要再過一小段路才會抵達。距離作戰開始以及交戰時間應該還有一點空檔才對。

再者，這個警報所傳達的意思是「進入攻防狀態」，也就是預測敵人將會攻擊這艘飛空艇。但照理說，當前的敵人〈第十一獸〉沒辦法主動攻擊未接觸的對象——一陣衝擊。

「鷹爪豆」的巨大船體劇烈地搖晃了起來。

「怎……」

可能是沒有堆得很穩的貨物倒塌了，附近的倉庫傳來驚天巨響；也許是哪裡的迴路燒起來了，通道的燈光大肆閃爍著。

急迫的嗓音透過傳聲管通知情況。敵方飛空艇開始進行砲擊，擊中飛空艇底部。目前來不及展開迴避行動，下一發恐怕也會直接命中。

敵方飛空艇。

也就是說，事情是這樣的。不知道哪裡來的飛空艇，向這艘為了對付〈第十一獸〉而飛在天上的飛空艇發動了攻擊。

3. 誰都不會理解怪物

呸拉呸嚕嚕邦巴噗。

喃喃唸完這些後，他才開始思考這是什麼語句。這一串字音的堆砌實在不像有深刻的含義，只有唸法不知怎地一直迴盪在耳邊。花了幾秒後，他便想起來是小時候看的繪本中的妖怪口頭禪。

他記不清那是什麼樣的故事——似乎是在一個形形色色人們過著平凡日子的地方，有隻妖怪在沒有脈絡可循，也沒有必然性的情況下出現，把一切吃得亂七八糟之後揚長而去的內容。

或許這個故事其實帶有一點深度，犧牲者和怪物各自的情況可能都有描繪出來，但畢竟那時候還小，看不懂那樣的內容，而看不懂的內容也不會留在記憶裡。留下來的，只有唸起來順口但毫無意義的字音堆砌。

呸拉呸嚕嚕邦巴噗。

——不符季節的異樣冷風吹拂而過。這具身體已經變得過於健壯，些微的氣溫變化根本無須放在眼裡。但是，深植在體內的習慣，讓包覆在灰色長袍下的巨大身軀微微震顫了起來。

細微的聲響乘著風鑽入耳中。那是某種東西互相碰撞的聲響，以及群眾的叫罵聲。

「——代號B。」

有人叫了他的名字。

這當然不是本名。不過，那種事情如今也沒多大意義了。父母取的名字早就忘了，給予他這個名字的人們也都死光了。重點只在於，那個讀音指的是此刻身在這裡的自己。

「幹麼？」

他頭也不回地問道。

「接到通知了。各班已順利完成配置。趁著在預定時間所引發的騷亂，所有強襲班會同時侵入占地，開始移動。」

「好。」

他微微頷首。

「引發騷亂的那些人……並不是我們『希望（艾爾畢斯）的繼承者』的同志吧。只是對護翼軍有怨言的真正市民和旅人組成的集團罷了。雖然希望他們的佯攻能夠盡量拖久一點，但會不會三兩下就被壓制住了啊？」

「應該不用擔心。他們大多數是無辜市民，還有年輕女性參與其中。以守護者自居的護翼軍沒辦法採取粗暴的鎮壓手段。」

「……這樣啊。」

想來也確實是如此，很合理。護翼軍守護懸浮大陸群的理念不過是嘴上說說而已，追根究柢，那就是一群擺出那種架子被拱起來的無聊傢伙罷了。人民公認的正義化身就是護翼軍的命脈，既然如此，他們便不會去做招來惡評的行為。他無庸置疑地如此認為。

代號Ｂ不覺得這是錯的。

連想都沒想過。

從決定憎恨護翼軍的那一刻起，他就放棄理解護翼軍了。他把可以盡情鄙視的形象加諸在護翼軍身上，拒絕接受除此之外的情報。因此，他已經無法判斷他們這些人做的分析是否正確了。

「那麼，我也差不多該出發了。」

慢吞吞地——代號Ｂ挪動身體。

他現在的體型大到連巨鬼族（Titanic）都沒幾個比得過他。從近處看起來就好似一座山動了。他一開始覺得從高處俯瞰各種事物的視野相當爽快，但很快地，這種感覺就變成了刺骨的孤寂。過去那個從低處看世界的他，如今已不復存在了。

「願碑文的保佑與你同在。」

「嗯，你們也是。」

代號Ｂ靜靜地晃動巨大的身軀，開始移動。先是笨重地踏出一步、二步，接著突然加速到最高速度衝刺起來。

灰色長袍的下襬微微飄搖，猶如整個人在冷風中游動一般。

潛伏於黑暗的訓練深深烙印在這具身體中，即使體型從根本上發生變化，在行動時依然不會發出聲響。他一旦放鬆就會立刻消除氣息，試圖融入黑暗之中。

簡直有如真正的鬼怪一般。

彷彿淪落為那種在沒有脈絡可循，也沒有必然性的情況下，只是從黑暗中衝出來，將一切都吞食得亂七八糟的蠻橫存在。

從前有個地下社會組織。

他們將因為艾爾畢斯事變而失去依靠的孩子集中起來長期灌藥，把孩子們當作不法勾當的棄子來使用。

這個組織本身在數年前瓦解了，孩子們恢復自由，但也只有自由而已，他們本來就無家可歸。而且事到如今，他們的身體也無法回歸和平的日常生活了。

這些孩子串通一氣，將組織的相關人員一個接一個地殺死。他們說服自己擁有復仇的權利，然後付諸實行。因為除了復仇以外，他們沒有其他能做、想做的事情了。

而他們在完成復仇之後，便成了一具空殼。

呸拉呸嚕嚕邦巴噗。

奔跑的同時——他又喃喃唸出這句話。

他已經不記得小時候的事，就連父母的長相也遺落在記憶的彼端。一邊被強灌烈藥，一邊進行訓練的日子，將過去的記憶洗刷得一乾二淨。

因此，這句話——他確實讀過那本繪本的記憶，是十足寶貴的過往片段。

「我——」

所謂的身材高大，通常會被視為增長了相應的年紀。比起未成熟的孩子，成熟的大人更應該擁有發育完全的體格，這一點幾乎適用於所有種族，即使是在沒有體格發育完全此一概念的部分爬蟲族中，也有人會隨著年歲增加而無限成長。巨鬼族多為長命種，反之小鬼族(Kobold)則幾乎都是短命種，這種傾向也助長了這方面的印象。

不過，代號B是透過藥物強行讓體格突變，所以當然不適用這個法則。這名少年從出生到現在才經過十三年，累積的人生經驗——故且不論詳細內容——也只跟人生的長度相符而已。

「——放心，我們會成功的，一切都很順利。」

他反覆喃喃自語著，彷彿在說服自己。

並且，將自己說的這句話視為依靠。

†

有人丟出石頭。

有人扯嗓尖叫。

有人用火藥槍射擊。

有人發出怒吼。

有人大喊：幹掉他們！

這一連串騷亂恐怕都按照某人的劇本發展，點燃了衝突的導火線。

暴動開始了。

這座位於三十八號懸浮島的護翼軍基地，是幾年前為了擊墜近空的〈第十一獸〉所設立的據點。既然要向未知的強敵發起挑戰，那就幾乎沒有餘力分給目的以外的設備。因此這裡的防禦相當薄弱，以軍事設施而言是不及格的。不僅正門是木製，把軍用地圍起來的只有拿點小工具就能突破的鐵絲網，就連保護上述兩者的站崗士兵數量也壓在最低限度。

自從發生妖精風波，正門前出現人潮聚集之後，便為防萬一而加強了警備。不過，那依然是最低限度的人力。

鐵絲網被扯破。

木門被撞倒。

每一名警備士兵都被好幾個壯漢壓制在地上。

阻力消失後，接下來就很快了。聚攏而至的人們化為超過百人的暴徒，爭先恐後地湧進護翼軍基地內部——

「嗯，沒把我們放在眼裡呢。」

一等武官的這句牢騷，精準無比地描述出現狀。

參與這場暴動的大多是市民和旅人，也包含年輕雌性。當中不少人都持有火藥槍或發條槍，要以穩妥的手段來制伏不是件易事。最起碼對一般都市的市警和自警團而言，這是很難處理的騷亂。

不過——對護翼軍而言就沒有多難了。

護翼軍**不是**守護人民的軍事組織。他們的功用僅在於守護懸浮大陸群本身，使其永續長存。在這裡，無論思想、正義還是倫理，一律視為「受到個人所屬的社會及文化影響的事物」而遭到排斥。

涅綺．畢奇二等武官相當有本事，迅速地鎮壓了暴動，也讓不少市民受傷。

「幾乎就在發生暴動的同時，數個武裝集團侵入了軍事要地。目前確認到的集團有五個。現在正在準備迎擊，預估可以在造成損失前各個擊破。」

那位涅綺．畢奇二等武官一臉無趣地淡淡報告著。

「那些傢伙有朝著特定目標前進嗎？」

「按現在掌握到的路線來判斷，他們雖然在迂迴前進，但目標似乎都是五號前後的武器庫。」

「哦，也就是說，對方持有這裡的正確地圖是嗎？」

「恐怕是如此。」

這裡是軍事設施，內部的地理資訊是機密的一部分。連給觀光客看的招牌都沒有。今天首次踏入這裡的外人，照理說不可能毫不猶豫地向目的地前進。

對於這次的一連串英雄風波，護翼軍並未團結一致。目前已經發現了幾名私通外部組織的內鬼，他們洩漏的情報應該就是傳到了這群傢伙手中。

「到這一步都處理得不錯，目標也很明確。但門外漢終究是門外漢。」

「我與你看法相同。」

「不過……」

總覺得不太對勁。

一等武官打開窗戶，開始思索。

戰況應該很單純。因為他們落於被動，而且對方準備得很充分，所以被迫陷入相當程度的苦戰。然而，只要接納會有一定程度苦戰的事實，就不會有更進一步的難題，這種程度按照理論冷靜處理就能順利解決。理應是如此。

「總團長？」

「不，沒什麼。」

說到底，當前要盡全力對付理論行不通的強敵，應該趕緊收拾掉這些麻煩的攪局者，將戰力放在正題上才對。他下此適切的判斷，打算切換思緒。

沒辦法像費奧多爾那傢伙還在的時候一樣啦。他如此想道。

他憶起那個精於謀略的前屬下，不禁泛起苦笑。不對，即使沒有發生那起事件，費奧多爾大概也會趁此機會再次造反，跟那個武裝集團聯合起來吧；還是說，他會一邊發著「要是護翼軍敗給這群廢物我會很傷腦筋啊」這樣的牢騷，一邊加入壓制行動呢？就連在這種無聊的想像中，他也不會任人擺布，真的是個令人頭疼的傢伙。一等武官就在本人不在場的情況下小聲抱怨著。

有人敲了門。

那是帶著遲疑的怯懦敲門聲。

由於差不多是情況開始起變化的時候，所以他認為應該是來報告的。

「進來。」

門打開後，一張略顯疲倦的臉孔探了進來。

那是一名穿著便服的鷹翼族（Falcon）青年。

「那個，久疏問候了，嗯。」

「……啊？」

一等武官瞪大雙眼。

「納克斯上等兵？你這傢伙之前跑哪兒去了！」

「呃，請等一下，涅綺・畢奇二等武官。我應該有留下申請停職的文件喔。」

「丟在個人房間的桌上不算是提交！你這種長期擅自離隊的行為，已經被視為臨陣脫逃了！」

「這個嘛，我早就猜到會變成這樣，所以原本沒打算要回來的，但情況變得有點曲折離奇。」

納克斯——納克斯・賽爾卓上等兵一邊搔著臉頰，一邊移開了視線。

「好像沒有閒聊的餘裕，要追問詳情就留待下次吧。我這邊有個人請你一定要見一面，可以占用一點時間嗎？」

「你來這裡的路上都看到了什麼？我們像是有空的樣子嗎？」

「我當然看到很多狀況啦。正因如此，我才——」

「費奧多爾那傢伙怎麼樣？」

「——什麼？」

「你在擅自離隊前都跟著他吧，一直到科里拿第爾契市為止。不是為了幫助他或阻止他，而是要見證他做的事情。這麼做有收穫嗎？」

「這……」

納克斯猶豫了一瞬。

「他做了要做的事情，看起來很滿足，但同時也很不滿，因為距離他想做的事情還差得太遠。是說奇怪，大叔你怎麼連這種事都知道啊？」

「因為我是大叔啊。算了，我就當作你講的是好消息吧。比起只懷抱著對自身無力的悲嘆而死去，這樣是幸福了一點，真是太好了……然後呢？」

「咦？」

「就是你剛才提的事情啊。不是要我見你帶來的人嗎？」

「啊，對，沒錯，呃——」

納克斯連忙想要回頭，卻遭到猛然打開的門毫不留情的襲擊。木製厚門的門板直接擊中鷹翼族削瘦的肩膀和頭部側面，就這樣把他打飛出去，連慘叫都來不及。

「打擾了。因為你們好像會講很久，我就不請自入了。」

一名女子……

從敞開的門走了進來。

「你就是總團長吧。有一件事希望能盡快讓你那對小耳朵聽一下。」

無徵種，白髮，至於年齡——大概二十五歲左右，或者再大一點。

憔悴是她給人的第一印象。

她的頭髮散亂，眼睛下方有黑眼圈，臉色蒼白，渾身散發著疲憊與焦慮。

對當事人總團長而言，這是一張陌生的臉孔。

「……妳是哪位？」

「呃，我當然會作自我介紹，但請先讓我說明來意。現在掌握到的所有以五號左右為目標的部隊都是佯攻。請你們火速派出目前最大戰力，前往這座基地的零號機密倉庫。」

「啊……？」

「別開玩笑了！」

涅綺・畢奇二等武官粗暴地吼道。

「妳突然跑來這裡胡說什麼啊！零號早已因為非常時期而處在最高級別的警備之下了！如果有足以攻破那裡的戰鬥力在移動，我們不可能沒有察覺——」

「是呀。」女子點點頭。「你們沒有察覺到，正代表敵人的實力的確不容小覷。」

「——妳這是……」

「沒有時間詳談了，而且我本來就不敢說自己徹底掌握住了這次的情況。我能說的還有一件事，請盡快結束基地內的戰鬥，並派腳程快的部隊前往港灣區塊。那群自稱『艾爾畢斯的繼承者』的傢伙已經展開破壞行動了。」

「怎會……」

涅綺・畢奇毛皮下的臉色一變。

港灣區塊是用於飛空艇起降的重要設施。不使用那裡的話，幾乎所有中型以上的飛空艇都不能正常進出懸浮島。由於那裡可以說是都市和懸浮島的命脈，因此在構造上，即便發生一點意外或事端，也不會輕易停止運作。

但是，萊耶爾市的港灣區塊以負面意義而言較為特別。那裡因為數個月前發生的事件而喪失了幾區，再加上人口銳減導致維修技師不足等原因，完全無法保證其備援能力。

用來當破壞行動的矛頭，可以說再適合不過了。

（原來如此啊——）

總團長慢慢理解了她的這席話，在內心微微點頭。

「涅綺・畢奇二等武官。」他喚了一聲。「我們把她說的一切照單全收，能立刻讓部隊出擊嗎？」

「咦……好……好的。但在實際出動前，需要重新確認一次狀況就是了。」

「不用。號稱最純熟的祕密部隊正在接近零號倉庫，同時港灣那邊還在進行足以讓三十八號懸浮島完全孤立的行動。以此為前提讓全員出擊。」

「這……」

涅綺・畢奇瞄了一眼那名女子確認後，繼續說道：

「雖然很亂來，我也有異議，但既然是總團長的指令，那就沒問題。」

「好，那就立即著手執行吧。妳可以帶走那個上等兵，讓他負責聯絡的工作，盡量使喚不用客氣。」

「了解，我會盡情使喚他的。」

複述這句話後，涅綺・畢奇隨即猛地抓住趴倒在地的鷹翼族肩膀。他哀號一聲：「原來是在講我啊！」但在場所有人置若罔聞。她敬了一禮，便拽著鷹翼族快步離開房間。

於是，房內只剩下總團長與無徵種女子。

「那麼，雖然想請妳重新作一下自我介紹，但我可以先問一個問題嗎，小姐？」

他沒等她回答。

「這次的事件，妳應該不是幕後黑手吧？」

「不是。我反倒在事發之前就想阻止了，但沒有成功。不管怎麼引導狀況，跟他們計算得失，他們卻單憑小孩子鬧脾氣一般的理由突然展開行動，我實在無力阻止。」

「這樣啊。儘管我不曉得事情的來龍去脈，不過，現在的妳是不希望我們在這裡敗陣下來的。」

「……是呀。雖然我也不樂見你們順利獲勝，但總比輸掉，害得三十八號島墜落要好得多。」

「原來如此，原來如此。所以在某個弟弟的攪局之下，導致妳再躲在幕後就沒辦法繼續掌控局勢。提線傀儡的線一旦纏在一起，傀儡師當然便無法發揮所長。」

女子沉默下來。

「不過也罷。雖然目前手忙腳亂的，連一杯茶都無法招待，但還是很歡迎妳喔。歡迎來到舞臺上，歐黛·岡達卡。」

只見女子——

微微垂下筋疲力盡的雙眼。

「到頭來還是沒讓我有機會自我介紹嘛。」

她看似不太甘心地如此嘀咕著。

†

情況的發展似乎不如預期——

代號B不悅地接受了這個事實。

光憑遠處傳來的聲響就能知道大致的情況。一聽就知道了。那些理應正在順利進攻的同伴接連遭到還擊。

幾支部隊陷入交戰狀態本來就在作戰計畫之中。被發現的部隊會立即變更作戰方式，成為盡可能大肆吸引敵人的棄子，直到剩餘的部隊抵達目的地。只要任一部隊抵達目的地——護翼軍的武器庫，這一戰就是他們獲勝。

然而，實際上又是如何？即便響起開打的聲音，卻幾乎聽不到後續。一旦行蹤暴露並進入交戰狀態，就會立刻遭到制伏。

——作戰計畫照理說很完美。

代號B狠狠咬緊牙關，彷彿想咬碎似的。

——護翼軍擁有足以制伏完美作戰計畫的壓倒性戰力。簡直蠻橫無理。少年的思緒用這一句話概括了現狀。不計敵我戰力差距的作戰計畫本來就會出現漏洞，但他的思緒沒有連結到這一點。

——護翼軍明明擁有如此力量，那一天卻沒有來守護我們。

一如往常地，他只得出了這個結論。

槍聲響起。

沉重的衝擊深深刺進了腿部。他險些倒下，但這種疼痛和衝擊還沒有到無法忍受的地步，於是他繼續奔跑。

接著，響起了三次槍聲。

一發沒打中，一發擦過膝蓋附近，一發直接命中了小腿骨。他承受不住，整個人失去平衡往前撲去。他用另一腳跳起來，在空中旋轉一圈，重新站穩身子，而噴出的血呈弧形飛散開來。

眼前出現一名士兵。

對方穿著看似很緊繃的軍服，是身形魁梧——但比起現在的代號B還要小個兩圈以上——的狼徵族。他手中架著一把微微冒煙的火藥槍。

「不准動。」

那名士兵沉聲宣告。

「想必你已做足覺悟，不會因為疼痛而止步。要是敢動我就擊碎你的四肢。」

聽到這聲冷靜的警告，少年心中浮現出類似嘲弄的念頭。是的，這名士兵不僅槍法優秀，判斷也很準確，知道符合常識的暴徒在犯下符合常識的暴行之際，該如何進行鎮壓，並且也付諸實行了。但是——

「你儘管……試試看啊！」

他用剛才被火藥槍擊中的左腳一躍而起。

士兵的眼神有一瞬間產生動搖。也許是意識到槍的威力不足以擊碎他的骨骼，便扔掉了火藥槍，然後重心緩緩下沉，擺出拳頭上下重疊的姿勢。

這又怎樣？

完美的速度，壓倒性的臂力，甚至還塗了具有即效性的皮膚毒藥。代號B抱著對方絕對接不了招的堅信，打出了必殺之拳。

瞬間，士兵那像是圓木的手臂如蛇般疾行而出。

纏繞住他的拳頭。

錯開了方向。

本應打向敵人的突進力被改往下方。完美的速度與壓倒性的臂力直接讓代號B全身重撞地面。

（怎——）

肺部的空氣被擠出。懷中裝藥的玻璃管碎了好幾根。

這一次，痛苦與衝擊真的讓少年停下了動作。

剛才那招是武術嗎？連同視野都在天旋地轉的思緒中，代號B思索著。體格優秀，生來就是十足強者的獸人，居然連那種東西都學起來了嗎？

「——真是了不起的力量啊。但是，那種力量並不是自行鍛鍊得來的。」

他聽到士兵喃喃自語般的聲音。

「若是經由反覆鍛鍊得來的力量，是不會運用得如此草率的。即使是那種沉迷力量的傢伙，也會對自己擁有的力量給予高度評價。不過，看來你連沉迷自身力量都做不到啊。」

「閉嘴。」

——不要試圖理解我。

他強行動起麻木的手指，在長袍內側摸索著。儘管有好幾根玻璃管破掉了，但還有完好無損的。他將那幾根一起抽出，把裡面的液體灌入口中——但因為太急躁的緣故，他乾脆把玻璃管整根咬碎，吞進喉嚨裡。

是啊，沒錯，我從來沒有鍛鍊過！我明明不稀罕這種力量，卻被強加在身上！我明明不想改變，身體卻還是被改造了！這一切簡直蠻橫無理！蠻橫無理！蠻橫無理！所以我也有權利把同樣的蠻橫散布到全世界！

所以——

「你做了什麼……」

少年全身上下宛如沸騰一般，由內而外地洶湧起伏著。

幾個部位的肌肉肥大化，從內側撐破了皮膚，並散發出刺激性的腐臭。對於狼的鼻子來說似乎格外不舒服，只見士兵的表情微微扭曲。

就在此時，代號B的拳頭這次終於灌在了他身上。

那種速度與威力，別說反擊或防禦，根本連認知和反應都做不到。

獸人的體格、臂力、武術技巧。沒錯，確實了不起，都是很棒的東西。但那些東西全都是垃圾，什麼也無法守護，什麼也無法阻擋，只是一堆毫無價值的垃圾。因為你們當時沒有去守護任何事物，不是嗎？

——護翼軍，少阻撓我！

代號B咆哮著。

一邊咆哮，一邊揮動拳頭。

皮膚，甚或肌肉都因為承受不住這股力量而裂開。

指骨露了出來。

即使如此他也沒有停下，持續毆打眼前的敵人。

當發現敵人已經不會動之後，他才終於停了下來。

他猶如亡靈一般搖搖晃晃地站起身，拖著胳膊似的走了起來。他有必須去的地方，以及必須做的事情。

許多氣息正在逼近，感覺上並不是偶然察覺到騷動的士兵。看來他們作戰計畫的真正目標已經被看穿了。而剛才倒地的這名士兵巧妙地爭取到了時間。

——算了，無所謂。

帶著交雜急躁與喜悅的興奮，少年開始邁步前進。

——反正誰也阻擋不了我。

好幾道槍聲響起。

暴雨般的鉛彈落在灰色長袍上，但沒有用。那是只有一般火力的量產型火藥槍。事到如今，這種程度的尋常暴力不可能阻擋得了他的腳步。

他的嘴角彷彿裂開似的扭起一抹笑意。

不必要花招，直接從正面擊潰敵人吧。

我做得到。我有那種權利。

——呸拉呸嚕嚕邦巴噗。

他不自覺地低聲這麼唸著，然後思考了一下這是什麼語句。

想不起來。

既然想不起來，就代表這是不太重要的無聊小事。比起這個，他現在有優先要做的事情。

少年拋開瑣碎的雜念，高高地躍身而起。

4. 稱不上命運坎坷的舞臺

敵我的水平距離約莫是二百卯哩有餘。

高度大致相同，但敵方略為靠上。

稍微超出了標準艇載砲的有效射程。不能期待從這邊發射砲彈會是有效的攻擊，但也不能無視對手的砲擊。真是討厭的距離。

這裡是戰場。

在這種緊迫的情況下，操舵室裡卻充滿另一種意義上的緊張感。那艘飛空艇是什麼來頭？

作為大前提，他們所搭乘的「鷹爪豆」是護翼軍眼下能夠派往三十九號懸浮島的飛空艇之中，唯一具有戰鬥能力的一艘，不可能會有相同規模的飛空艇前來支援。

出於作戰性質，這附近沒有布下抑制陣之類的東西，也沒有設置禁止進入的柵欄，但三十九號懸浮島的近空當然一律被指定為嚴密隔離區。不對，說到底根本不會有特地接近這種險地的民間飛空艇。

那艘飛空艇在徹底顛覆這些前提的情況下現身，甚至還向我方發起攻勢，這究竟是怎麼一回事——

「確認損害狀況！」

可以聽到艇長叫喊似的下達指令。採取行動前要先確認狀況，這是非常重要的一點，按理論來說也是如此。但就現況來看，應該沒辦法實際等到這方面的情報全部確認完畢。儘管「鷹爪豆」已經改造成能夠發射砲擊，但終究還是運輸艇，預想中的戰鬥也不是與對手互射大砲，真要說的話，是屬於使用岩石彈來進行挖掘的類型。因應戰鬥速度的傳聲管線路並不完善，機組人員也沒有受過相關訓練。

真糟糕。

讓她有如此感受的，並不是口中含著的發酵果實茶的味道。不對，雖然它也的確難喝到令人作嘔，但跟目前的情況相比就沒那麼糟了。

「用砲擊示威能把對方趕走嗎？」

艾瑟雅轉過頭，向旁邊副艇長問道。龜族副艇長靜靜思索了一會兒，然後緩緩搖頭。

「我們沒有多餘的岩石彈可以浪費，距離也不足以讓對方感受到砲擊的威懾力。對方既然敢來這裡，也不會因為這點恫嚇就退縮。我是依據以上這三點來判斷的。」

「這話說得也沒錯……」

說到底，如果演變成單純的砲擊戰，對方占有壓倒性的優勢，可以說正中下懷。而他們唯有在「鷹爪豆」保有對抗〈獸〉的攻擊性能下突破現場，才算勝利。

如此一來，該做的事只有一件。

（只能擊墜它了——嗎——）

思緒至此的瞬間，灼熱的記憶在艾瑟雅心中復甦了。炙烤身體的熱度、占滿整片視野的躍動紅光、慘叫聲、求助聲以及蓋過這些聲音的火勢。最重要的是，摯友充滿憤怒與憎惡的神情——還有大概也是同樣神情的自己。

她認為這不過是迷惘罷了。

這段記憶屬於過去的妖精兵納莎妮亞．維爾．帕捷姆。此刻身在這裡的艾瑟雅．麥傑．瓦爾卡里斯沒有待在那種場合的經驗，也不用理會因為這些記憶而湧上來的情感。必須當作一場惡夢捨棄掉才行。

快點想通吧。

就像至今為止自己一直做的那樣。

就像從今以後也會這麼做的那樣。

「——怎麼了！」

可蓉踹開傾斜的氣密門衝了進來。

「聲音好大！搖得好厲害！有敵人嗎？是那個嗎？就是那個吧！」

她喋喋不休地說出自己對情況的粗略理解。由於大致上沒錯，因此誰也沒有補充說明。

而就在剛才，艾瑟雅想到了一條新的途徑。

「潘麗寶呢？」

「不曉得，但應該馬上就會過來了！」

意思是可蓉剛好一個人在附近，就這樣趕了過來嗎？

「這樣的話——不，可蓉妳一人就夠了。」

「嗯？」

在回想中，那個滿是火焰的記憶裡。

向愛洛瓦．亞菲．穆爾斯姆奧雷亞與納莎妮亞．維爾．帕捷姆兩名妖精兵下達「擊墜那艘飛空艇」此一命令的人，是護翼軍的二等武官。而令人無語的是，她如今也站在跟當時的他擁有同等權限的立場上。

「讓那艘飛空艇……」

事到如今，她還在思考用字遣詞。

「失去攻擊能力，做得到嗎？」

「嗯？嗯……嗯……」

可蓉凝眸看著防風窗另一邊的藍天。

「那上面有衝角。情況危急時，那艘飛空艇還可以透過突進撞擊來戰鬥。光破壞大砲沒辦法奪走它的戰力。」

說得沒錯。

「只要破壞旋翼或咒燃爐可以讓它失去飛行能力。但要是在這裡緊急迫降，它就會變成〈第十一獸〉的餌食。」

說得沒錯。

黃金妖精是兵器。不只是文件上被如此對待，更是這種情況下的戰力。

這種心境真奇怪。

她們既不忌諱奪人性命，也不會因為生命遭到剝奪而感到悲傷。面對死亡、見證死亡、超越死亡，才有如今的她們。這是護翼軍的大前提，也是黃金妖精這支種族的特性。因此，這種苦悶的感覺並非來自所謂的人道主義，而是從其他地方產生的。那恐怕單純是不想再奪人性命，不想成為掠奪者的個人傲慢。

「雖然想盤問的事情很多，也想盡可能活捉回來，但畢竟現在不是做這種事情的時候。」

艾瑟雅頓了頓。

「能把他們盡數殺光嗎？」

「唔嗯。」

可蓉想了一下之後，相當乾脆地點頭答道：「我明白了。」

唉——艾瑟雅好不容易才抑制住想要趴下哭泣的心情。

黃金妖精不懂生命的價值，不忌諱自身死亡，同樣也不認為他人的生命有特殊價值。她剛才對這樣的對象下達了殺戮的命令。她認為自己最起碼不能逃避，要正視並接納自己的行為。

這時候。

「唔～」

可蓉不知為何環視了操舵室一圈。

「我可以帶走這個嗎？」

她一把抱起掌舵的小個子四等技官。對方「呀咿！」地發出莫名可愛的尖叫聲。

「……咦？」

「不管破壞哪裡都阻止不了那艘飛空艇。既然如此，我就哪裡都不破壞。」

「啊？」

「我要壓制操舵室，把那艘飛空艇開到大砲打不過來的地方。但我一個人開不了飛空艇，所以要帶個會開的人去。」

她就這樣注視著窗外，滔滔不絕地說道。

「……這個主意怎麼樣？」

「可蓉，妳……」

這個方法大概比進行破壞還要困難，而且風險也更高。

若要壓制操舵室，就要入侵飛空艇展開白刃戰，亦即捨棄使用幻翼飛行的優勢，讓自己暴露在火藥槍等武器的威脅之中。當然也會有失敗的可能性。

「那……那個，關於我的安全……」

四等技官戰戰兢兢地舉起手。

「我會盡可能保護你的！」

聽到這句鏗鏘有力的宣言，四等技官本人感覺很高興地……大概……回以「哇～真是太可靠了」這句話之後，露出自暴自棄般的笑容。

「不過，可蓉，為什麼？」

「嗯？什麼為什麼？」

「我剛才不是說……要把他們盡數殺光嗎？」

「嗯，是啊。我也覺得那樣比較快。」

「那妳又為何——！」

「可是，總覺得妳好像很討厭這麼做。」

可蓉露齒一笑。

「妳討厭的東西就是我討厭的東西。反正我就像個不肖軍人，為了家人違抗命令算不上什麼。」

這個……

笨蛋。

說這什麼話。

「……可蓉，妳……妳這傢伙啊……」

說起來確實如此。歸根究柢，黃金妖精都是這樣的。

懸浮大陸群的命運都是其次。黃金妖精不是那麼聽話懂事的生物。她們是為了自身因素而隨心所欲地戰鬥，只是那個結果剛好拯救、守護了世界而已。事到如今她才想起一件事。那就是這個世界是建立在何等的薄冰之上啊！

「妳這傢伙啊！」

「哇嗚？」

她從輪椅上探出身子，抱住了可蓉。由於姿勢很勉強，所以看起來像是她撲進了小自己五歲的少女胸口。

「哎喲，艾瑟雅，要撒嬌也要挑時間和地點呀。」

可蓉才像是在哄年紀比自己小的孩子似的，溫柔地撫摸著她的頭。

「說得……也是……」

挑時間和地點。可蓉講得非常有道理，她無以辯駁。擁有護翼軍二等武官待遇的艾瑟雅・麥傑・瓦爾卡里斯完全贊成她的意見。

然而，淚水卻止不住。

她也沒辦法放開可蓉。

納莎妮亞・維爾・帕捷姆的亡靈以及其遺留下來的情感殘渣，不允許她放手。

飛空艇在搖晃。似乎又遭到那艘飛空艇砲擊，砲彈擦過了左舷。「鷹爪豆」一陣劇烈搖晃，讓艾瑟雅終於回過神來。

「唔……」

操舵室內充滿了奇妙的氣氛。

艾瑟雅在這裡地位最高，也握有整體作戰的命令權。不過，也許是因為在這情況下不好向她尋求指示，艇長以下的所有人都露出不知該作何反應的表情，顯而易見地將視線投往天空。

「嗯，好！」

可蓉拉開艾瑟雅的手臂，敬了一禮。

「我出發嘍。要是潘麗寶來了，就派她來幫我。」

操舵室外面的通道上有緊急逃生門。為了防止意外發生，在飛行中都以氣壓封鎖著，但想開的話，當然也能手動開啟。可蓉解開鎖鏈，卸下所有門閂，轉動鐵輪。噗嗤的小小噴出聲被打旋的外部空氣吞噬殆盡，轟鳴和暴風猛撲而來。另一側眼下是一整片的黑水晶平原。

可蓉就這樣右手拿著遺跡兵器，左手抓著四等技官的後頸，「喝！」地一聲鼓足氣勢跳了下去。技官「媽啊啊啊啊啊啊」的慘叫聲逐漸遠去，混入呼嘯的風聲中消失。

†

這個時候，報告還沒有傳到操舵室。

因此，艾瑟雅她們並未察覺。

藍天在潘麗寶眼前延展開來。

飛空艇外壁的構造材料被挖出、剝去、吹走了。地板建材也在當下被扯走，一併消失了。由於本來就處於嚴重失衡的超載狀態，所以飛空艇本身就像一顆即將爆炸的氣球。砲彈擦過之際所造成的衝擊，讓構造變脆弱的部分再也承受不住，從內側破裂了。

飛空艇的建材剖面圖沒有那麼容易看到。比想像中還要薄，而且似乎是將各種不同的金屬和木材繁複地重疊拼貼而成的。她還一度忘記目前的情況，仔細地端詳了起來。

「不對……話說回來。」

那麼，該面對現實了。

可以看到一個巨大鐵塊嵌入了牆壁。

鐵塊的名字是猛豬級軌上砲擊車輛「英格斯．馬列奧」。特大號裝甲車上載著超特大號砲臺，結合了設計師的浪漫與現場技師的不滿。本來只能在專用軌道上使用，還要自行固定住無數駐鋤才能進行射擊，是都市防衛戰專用的廢物兵器。

只以威力見長的這個大砲經過強行改造，固定在這艘運輸艇上，再經過進一步的強行改造，如今也可以發射岩石彈。它的耐久度在當時便明顯下降，對飛空艇的重量平衡也造成致命性的傷害。縱使如此，只要能以最高火力射出幾發砲擊就可以了。藉由壓倒性的破壞力在〈第十一獸〉身上開個大洞，然後瞄準露出來的核心再射一發。為了這個唯一的期望、唯一的目標，才把這種荒唐的裝備帶了出來。

然而，現在已成這副慘樣。

「這可不是採取應急維修就能恢復的啊。」

潘麗寶思忖起來。

裝在這艘飛空艇上的砲臺不是只有「英格斯．馬列奧」，還有威力較差，但砲擊精準度更高的（正常）砲臺堆積在艇內。但從現實的角度來看，光憑那些砲臺應該很難強行推動這次的作戰。

難道要折回去嗎？在港灣區塊進行緊急修理後，重振旗鼓再來。不行，那些傢伙在這段期間也會不斷發動攻勢吧。這種程度的修復作業沒辦法在抵禦所有攻擊中完成，天數上也不夠充裕。如果對方在那裡也先發制人，早一步壓制住港灣區塊的話，那可就慘不忍睹了。

潘麗寶察覺到一件事。

飛空艇不只眼前這一艘。雖然還相距遙遠，但可以看到另一艘飛空艇飄浮在雲間。而且從前端的方向來看，它正全力往這邊靠近。

那是我方增援的可能性很低。既然如此，應該是敵方的飛空艇吧。到現在還要增強戰力以確保獲勝，實在是相當周密的安排。

「哎呀……這下陷入不得了的逆境了。」

這艘飛空艇也許還能戰鬥。

這場作戰也許還能繼續下去。

但這條路已經變得很窄，並且伴隨著巨大的風險。

敵人的進攻手法很漂亮。潘麗寶對這一點懷抱著類似敬意的心情。即使互相敵對，即使被逼入困境，即使性命受到威脅，她都無法抑制住這種心情。

那麼，在這個情況下，她們——不，她自己該怎麼辦呢？

她動腦思考。

不，用不著思考，答案早已在心中了。

她翻開成堆的瓦礫。

從裡面拉出一雙石鞋。

原本還在擔心會不會損壞，但由於是裝在堅固的盒子裡，所以完好無損。她輕撫胸口鬆了口氣，換上鞋子。

如果找別人商量，恐怕會遭到攔阻，搬出各種道理讓她選擇其他做法。那是會將痛苦強加在許多人身上，真要說起來是很愚蠢的做法，但也因此是一個寶貴的選項。

不過呢……

潘麗寶．諾可．卡黛娜是個問題兒童。問題兒童就算做出問題行為也不會有任何問題。雖然感覺是在拿歪理兜圈子，但總之就是這樣。

「命運終歸是命運，只能準備舞臺而已。」

她想起曾幾何時從某人口中聽到的話語。

「之後要如何活下去，選項或許不是無限的，但任何人都有選擇的機會。每個人都有權挺起胸膛說這是我的人生，這是我所選擇的路。」

她想到如今已分散的四人。

緹亞忒是為了開拓道路。

菈琪旭是為了在道路上前進。

可蓉是為了摸索道路。

潘麗寶則是為了認清道路，因而來到三十八號懸浮島。四個人手牽著手，一邊想著不同的事情，一邊走在同一條路上。

原來如此，是這麼一回事啊。潘麗寶露出笑容。

破爛不堪的地板、牆上的大洞、另一側的藍天。雖然要在這幅光景中踏穩腳步實在很令人不放心，但即便如此，道路確實就在那裡。

——在做什麼——快過——這裡——

她聽到了人聲。

在通道的另一端，可以看到那個蛇尾族在喊著什麼。聲音捲入呼嘯的風聲中，聽不清楚話語的內容。不過，他的表情和眼下狀況傳達出了他想說的事情。妳在發什麼呆？很危險耶，快點到上頭避難。妳現在的工作是活下去啊——

她心想，他果然是個好人。

即使在這種場合，他也沒辦法忍受比自己年輕的女孩子（明明連種族都不一樣！）受傷。她認為這毫無疑問是一種美德，但也覺得他不適合當軍人。

「抱歉啊，那個——」她想不起他的名字。「——那個什麼四等武官，我不能遵從這個指令。」

她把些許魔力注入卡黛娜。劍身發出微弱的光芒，回應了這份力量。

「我去善盡黃金妖精的責任，雖然有點對不起學姊們就是。」

少女露齒一笑。

接著，縱身跳向沒有立足點的天空。

†

懸浮大陸群在薄冰上譜出一頁頁歷史。

為了對抗屢次襲來的〈第六獸〉的威脅，他們需要黃金妖精。雖然具體做法隨著時代不同而有所變化，但作為讓大家倖存下來的最佳解與唯一解，利用黃金妖精這一點始終沒有改變。

或許，這樣的歷史很快就會結束。

或許從明天起，就不會再有黃金妖精被當作兵器來利用。

即便如此，或者說，既然如此。

今天，潘麗寶・諾可・卡黛娜或許會成為其中的最後一人——

†

墜落而下。

戰場的喧囂，塵世的一切，都在背後逐漸遠去。

她慢慢催發魔力。

眼下這頭巨大的〈第十一獸〉存在著核心部位。設法解決它的核心後，或許就能讓變質的作用波及到〈獸〉的整副身體。這次的一連串作戰計畫就是基於這個假設。

問題在於那個「設法解決」的內容。想得簡單一點，教它死亡的概念是最好的做法。不懂死亡為何物的〈獸〉只要學會這一點，就有辦法殺掉了。而妖精和遺跡兵器能做到這件事。

大致上的位置也已經掌握到了。核心部位跟〈第十一獸〉最早在三十九號懸浮島被釋放出來的地點幾乎一致。

不幸的是，它位於建築物裡頭。既然核心沒有露在外面，在嘗試直接攻擊之前，就需要藉由「英格斯・馬列奧」的砲擊來破壞外殼部分。不過，若是以一己之身發動攻勢，當然只要確保個人入侵的入口即可。

眼看就要與地面──〈第十一獸〉相撞之際，她全力展開幻翼。削磨靈魂般的喪失感，讓她確定魔力已經催發到自己可以控制的極限。

她一邊飛翔，一邊揮動遺跡兵器。她沒有垂直往下揮，而是劃出好幾道扭曲的弧線，藉此斬除妨礙前進的黑水晶。若還是有擋路的水晶，就用穿著石鞋的腳踢開。她保持一定程度的警戒心，因為只要有一塊碎片擦過衣服或皮膚就完蛋了。

在過去是門窗的殘骸零亂地散落在背後。

她猛地用膝蓋一邊化解衝擊一邊著地……才怪，她靜靜地用鞋底著地，順便——

「憂鬱爆破切條斬・改。」

隨口唸出了一個技能名稱。補充一下，因為想不到好點子，所以是借可蓉的來用。雖然不太合適，但反正也沒有人聽到。

這個地方似乎叫做戲聖堂。

至於是什麼樣的地方就不知道了。乍看之下感覺是集會場，功能應該也差不多吧。這個地方建造於地下，是可以容納數百人的寬敞鉢狀空間。正中央設置著一個小小的臺座，大概是給人講經用的。

臺座上立著一尊白水晶像，姿勢像是要將某物舉向天空。

「是那個嗎？」

仔細一看，水晶像只有上半身是白色的。愈往下，其顏色就愈混濁，然後逐漸融入遍布地面的黑色之中。

這就是〈第十一獸〉的中心，作為起始之處的核心。

她不曉得這尊水晶像的來頭。

從祈禱般的姿勢來看，應該是堅信自己接下來的行為類似於救贖並就此逝去的某個人吧……她不是很有興趣。

「那麼，就堂堂正正地一決勝負吧——雖然我想這麼說，但你看起來不像會握劍的樣子。」

潘麗寶一貫的主張是，用劍交過手的對象她都非常了解。就算對手是〈獸〉，只要能大打一架，說不定也會找到一些能夠互相理解的事物……她原本是如此淡淡期待著。

不過她很清楚，〈第十一獸〉不能動。面對不能動的對手，無法耍手腕，也無法預測對方的行動。她強迫有點萎靡的心情振奮起來，輕輕揮動卡黛娜。

被彈開了。

「……哦？」

是因為這個核心所屬的〈獸〉名為堅定不移之心嗎？儘管她沒有用太多力氣，但上面居然一道傷痕都沒有留下。若要擊碎具有如此硬度的物體，想來的確需要「英格斯·馬列奧」等級的破壞力。

既然這時候沒辦法指望它，那當然只能採取一個手段了。

她調整呼吸，相反地催發出更旺盛的魔力。

平心靜氣地，讓自己的存在方式逐漸接近死屍。

「呼——」

她再次砍下一劍。由無念無想的境界所揮出的斬水一擊——以類似這種招式為目標，她嘗試揮出自己當前最為追求銳利的一記斬擊。

這招奏效了。

卡黛娜的劍尖確實淺淺劃進了水晶塊，亦即推測是〈獸〉的核心部位。

——成功了……

在這聲喝采湧上心頭的瞬間，她察覺到異狀。

沒有發生疼痛或任何與之相稱的異狀。

但眼前所見到的顯然是異常事態。她握著卡黛娜劍柄的手指，逐漸變成熟悉到厭煩的〈獸〉的黑色。

——怎麼會？

她應該沒有直接碰觸到。不，先別說碰觸，〈第十一獸〉應該無法侵蝕催發出魔力的對象才對，所以照理說不可能會發生這種事。

她看向卡黛娜的劍身。劍尖砍入了〈獸〉，劍柄握在正逐漸被〈獸〉侵蝕的右手上。然而，卡黛娜本身的外觀卻沒什麼變化。硬要說有何發現的話——

「你……做了什麼嗎……？」

她想起之前與可蓉的對話。比如說，感覺到遺跡兵器想要搞破壞之類的，談到有一種能發揮出遺跡兵器個別能力的手段，屬於感覺的延伸。她至今為止從未在自己與卡黛娜之間感受到那種東西，甚至連相關的可能性都幾乎沒有想過，但現在的這種感覺該不會就是**那個**吧？

「慢著慢著慢著，意料之外的發展也該有個限度吧。我可從來沒聽說過在最後關頭背叛搭檔的遺跡兵器喔！」

她嘿嘿一笑，說了一句玩笑話。但是除了自己以外，並不存在其他聽了會做出反應的對象。

她繃緊表情。

稍作思忖後，她注意到一件事。侵蝕的擴散不能無視魔力的防禦。催發出的魔力確實在防守〈獸〉的同化，只是沒有徹底防住而已。魔力催發得愈旺盛，侵蝕的速度就愈慢。反之，若讓魔力平息下來，她相信自己會在一瞬間成為眼前水晶像的同伴（她沒打算嘗試就是了）。

手腕被染成了黑色。

「——原來如此。你希望藉此一決勝負嗎？」

她深深吸進一口氣。

然後用力吐出來。

「好吧。其實我是個絕不避戰的女人喔。」

所謂的催發魔力，即是接近死亡。若催發出超越控制極限的魔力，就會無法逃離自己主動接近的死亡。

明知如此，她還是催發出更強的魔力。

她如今的處境，已經沒把握再這樣下去是否能回頭了。在這樣的情況下，她尋求更強大的力量，並將其發揮出來。

她不再思考控制一事。畢竟這就像是讓入侵自己身體的〈獸〉直接與死亡的概念碰撞一樣。要是打算讓自己活下去，那就沒有勝算了。

——我這下真的會死嗎？

彷彿與自己無關一般，她思考著這種問題。

雖然現在才說這個有點晚，但不知為何，她幾乎直到剛才那一瞬間才意識到會有這樣的發展。

——不過……嗯，一碼歸一碼。

這並不是單純的求生或求死的心情，也不是肯定或否定自我犧牲這種感覺很高尚的事情。

她當然不是一心求死，也不是不想回去，更沒有想讓那些正在等她回去的可敬人們哭泣。

但是，如果能在這裡迎來終結，她覺得也不失為美好的結局，算是為充實的人生劃下了完美的句點。

要是她現在打開妖精鄉之門——魔力失控到最後所引發的大爆炸，應該可以徹底破壞掉眼前的〈獸〉的核心。若能因此將覆蓋在三十九號懸浮島的巨大〈獸〉全面擊潰，那豈不是皆大歡喜嗎？

若沒成功的話……嗯，就可以將這個敵人真的令人無計可施的寶貴情報傳遞給艾瑟雅學姊。這也是非常重要的戰果。

忽然間，侵蝕加速了。

右臂已經被〈獸〉吞噬到手肘附近。

「還真是……厲害啊。」

潘麗寶笑了。

雖然沒辦法以劍交手，但她可以從這頭〈獸〉現在的動作之中感受到一股意志。她看得出它亟欲吞噬掉潘麗寶・諾可・卡黛娜的意圖。

雖然跟想像中的形式大不相同，但她與它正在這裡比拚，實現意志與毅力的相互碰撞。

「但是，我也不打算輕易認輸。」

來吧，振作精神，拿出骨氣。

這裡是潘麗寶・諾可・卡黛娜一生難得一次的大舞臺。

盡量渴望死亡，盡量面對死亡，盡量祈求虛無，盡量希冀虛無。無限趨近於零的妖精生命力，會爆發出無限趨近於無限的魔力。

她感覺沒問題。

侵蝕又進一步加快速度。現在已經移到肩膀，準備吞掉脖子和胸部。但是，魔力的加速快了它一步。比起〈獸〉將潘麗寶．諾可．卡黛娜吞噬殆盡，妖精鄉之門會提早一瞬開啟後燒燬一切。

因此，她相信這場戰鬥將由自己勝出……

——喂～潘麗寶呀～

但在最後的一瞬間。

她腦海裡不知為何浮現出許多家人的臉龐。

其中有緹亞忒，有菈琪旭，有可蓉。

也有妮戈蘭、艾瑟雅、阿爾蜜塔、娜芙德、瑪夏和菈恩托露可。

不知為何還有瓦蕾希、珂朵莉、奈芙蓮，甚至是威廉和費奧多爾的身影。

他們所有人不知為何都笑著。

即將到達決死領域的魔力，那勢頭有一瞬間產生動搖。

（糟……）

侵蝕再度加快。

接著，潘麗寶的意識徹底遭到黑色吞沒。

5. 向星星祈禱

他不曉得那種藥的名稱。

也不曉得具體的效果與用法。

他只記得一開始讓他服下那種藥的醫生似乎說過「這個藥可以讓你變成理想中的自己喔」。然後又小聲補充一句「雖然在那之前，會先變成誰都不是的自己就是了」。

不過，那些枝微末節的小事到現在都無所謂了。

代號B懷著彷彿在夢中奔跑的心情向前進。

最重要的是，他如今的確變成理想模樣的事實，以及他克服所有阻礙，貫徹想做的事情，正在朝欲得之物伸出手的現實。

那名狼頭士兵是個難纏的對手。

甚至讓他一度服下了原本沒打算要喝的預備藥物。這種藥對身體組織造成的變化不可逆且不受控。拜這次壯大力氣所賜，恐怕有一兩個沒有直接使用於戰鬥的內臟衰竭了，一不小心可能就會消失。他完全不想思考自己折了多少壽。

然而，這是值得的。

大量士兵擋住他的去路。他們不停發射火藥槍，連一聲警告都沒有。但事到如今，這點攻擊根本算不了什麼。撕裂皮膚，鑽進肌肉，然後就沒了。跟致命傷相差甚遠，他絲毫沒有感覺到足以令自己停下腳步的疼痛。另一方面，只要他揮動手臂，就一定會有多名士兵被打飛出去。

他就這樣一邊揮開妨礙，一邊向前進。

目的地是零號機密倉庫。

那裡擺滿了危險物品，每一樣都有可能終結懸浮大陸群，是象徵毀滅的倉庫。

他在找的某種形式的終結，應該就封印在其中。

只要在他徹底崩壞之前，到達那裡就好。

只要在他徹底潰散之前，將其緊握住就好。

代號B懷著彷彿在夢中奔跑的心情，持續向前進。

在這段過程中，他服下了手上剩餘的所有藥物。

腫脹到極限的肌肉終於開始壞死，手指一根一根地腐爛脫落。

然後——

†

「……到了……」

擊潰所有警備人員，扯碎所有門鎖，擰開所有門扉。

踏進目的地零號機密倉庫的少年——曾是少年的事物——目光停留在一個木箱上。在如今的那事物眼中，木箱看起來很小。其側面貼著寫有「艾爾畢斯的小瓶」的標籤。

「呼……呼……」

他自然而然地勾起嘴角。

這樣東西具有什麼意義，他知道得並不多。只聽說是以特殊手段切掉的〈獸〉的碎片，與偉大意志合而為一的觸媒，可以為世界末日扣下扳機的物品，結合艾爾畢斯理念與技術的結晶。

他認為這些話語中摻雜著虛假，但也包含著超越一定程度的事實。既然如此，那就可以了。這便足以成為救贖的神力。

他伸出手。

捏碎木箱。

類似白三葉草的緩衝材料如粉雪般飄散。

指尖抓到一個小小的玻璃球。

他用力握緊。

——我並不是什麼特別的人。

在搖搖欲墜的世界中，他的心情平靜得不可思議。

——我只是那些沒有獲救的人們，被護翼軍拋棄的所有人的代表。

——除此之外，什麼也不是。

他的思緒也冷靜到不自然的地步。

——所有沉默者的聲音，都將透過這個行為代為發之。

他用手指捏碎了玻璃。

直接握住裡面的黑水晶。

侵蝕開始。從手指、拳頭到手臂。雖然早已面目全非，但依然屬於自己的身體幾處部位，接二連三地遭到其他事物侵占。

這正是救贖。此刻以他的肉體為基礎，救贖確實開始了。

少年的內心盈滿歡喜。

「願我們遠星之子——」

如此，這世界將不再有未來。

現在也將不復存在。

唯有過去會殘留下來。

即便想重頭來過，想恢復一切也求而不得。僅存的只有理應在很久之前就失去的，想回也回不去的日子。

「皆得到碑文的保佑——」

禱告結束後，還來不及呼吸，最初的侵蝕就完成了。

曾是少年的事物以仰天向星星祈禱的姿勢，將生命獻給了〈獸〉。

當然，侵蝕並未就此停止。

既然沒有受到像樣的衝擊，速度就會相當緩慢。但是，侵蝕確實正在擴散。首當其衝的零號倉庫地板吱嘎作響，開始遭到吞噬。

在將護翼軍基地、萊耶爾市、這座三十八號懸浮島上相連的所有事物吞噬殆盡之前，它絕不罷休。

眼下，這樣的災厄獲得了釋放。

6．相信之心

她不相信有所謂的死後世界。

準確來說，她覺得無所謂，有或沒有都不重要。反正活著時無法確認，而死掉後，不管存不存在都只能接受。

（我原本是這麼想的，嗯。）

潘麗寶從容不迫地環顧四周。

她飄浮在半透明的白色混濁液體中——這應該是最貼近的形容了吧。總之，這無疑是令人費解的狀況，就連所見之物是否真的**存在**都沒有把握，但這就是她對周圍的感想。

看不見地面，甚至連上下都無法區分。

儘管充斥著並非空氣的東西，她也沒有因此感到呼吸困難。

她全身一絲不掛。雖然有點害羞，但反正沒人看見，她便決定不去在意。說到底，她真正的肉體現在大概已經在那座戲聖堂內徹底變成〈獸〉了吧。

（——啊，這麼說來，我好像輸了。）

她當時應該催發出魔力，加速朝死亡接近。而〈獸〉也加速侵蝕緊追在後。她本該贏的，卻輸了。

她明明沒有珍惜生命的打算，卻可能在緊要關頭下，不小心浮現自己想回去那個地方的念頭。

雙方較量時嚴禁雜念，但難免會發生，說是一種鬼迷心竅也不為過。實在是既無聊又常見的可憐敗因。

她心中有不甘心，也有對夥伴的歉意。但除此之外，雖然這麼說有點不適宜，不過還有拚盡全力一較高下之後的暢快感。

（這就是〈第十一獸〉的內部嗎？）

意識到這件事後，她環視一圈，發現這個一望無際的白色世界似乎不是只有她一人。可以感覺到無數半透明的影子朦朧地浮現著。那些影子有頭部和四肢，換言之就是勉強保持著人形，但沒辦法辨識出更多了。年齡、性別甚至種族都看不出來。那些是捨棄了個人身分的人影。

（嗯……？）

從某個遠方。

似乎傳來了嬰兒的哭聲。

（……莉艾兒？）

她有一瞬間產生這樣的懷疑，但隨即知道是錯的。

莉艾兒雖然才剛出生，但肉體相對其他種族來說，差不多是兩三歲的孩子。但是，剛才聽到的聲音比她還要稚嫩。

剛出生。

或者是根本還沒出生的胎兒。

（慢著慢著，這究竟是怎麼回事？）

所謂的初啼是出生後才有，未出生的嬰兒不可能發出這種聲音。就在她甩了甩頭，覺得目前狀況已經夠不合理之際——

——剷除罪惡。

（唔？）

意念變為聲音，聲音變為壓力，彷彿響徹了整個世界。

這時候，她才注意到一件事。她是全裸的，也就是軍服和石鞋沒有被帶進這個世界，但遺跡兵器……卡黛娜依然緊握在右手上。而這條右臂看起來還是原本的肉身。

她覺得似乎就是透過卡黛娜聽到了那個意念。

（你該不會又在搞鬼吧？）

她感覺卡黛娜彷彿要抗議似的微微震顫一下，但可能只是錯覺。

——罪惡即是敵人。

意念再度響震起來。

透過握著卡黛娜的右手，潘麗寶聽著它的主張。

——罪惡即是剝削。

——罪惡即是暴力。

——罪惡即是侵略。

——罪惡即是排他。

——罪惡即是敵人。

（……原來如此，所以這傢伙……）

周圍的黑色人影隨著聲音搖動。

節奏相同，方向也相同。

（才會如此強大。）

有句話說：齊心團結則強。這是事實，但難以體現。縱然是一個人的心，也很難說是協調一致的。若要在真正的意義上統合一個集團，就必須搬出奇蹟般的融合，或是惡夢般的束縛這一類非自然的事物。

搬出這頭〈第十一獸〉的存在，就是其中一種途徑。

提出一個簡化到任何人都能共享的理念，除此之外的思想全部捨棄。如此一來，每個人都能成為這個集團的一部分，迷惘也會消失，加入被統合起來的巨大力量。

這確實是一個有效的方法……如果目的只在於齊心團結。要是捨棄多樣化思想的代價能夠償清，在那之後，這些現象就會來臨——

固化的教義，以及相信教義的精神渣滓；到處散播的排他性，以及作繭自縛到最後動彈不得的永世囚徒。

這就是〈第十一獸〉的本質與真面目。

真的有如此強韌的集團嗎？

又真的有如此脆弱的集團嗎？

（艾瑟雅學姊她們的分析幾乎正中紅心啊，嗯，果然了不起。）

她的精神仍然像現在這樣保留著輪廓。紫色的頭髮和纖細的四肢，都能用這雙眼睛（？）看見。但這大概也是類似殘渣的東西吧，遲早會成為那些人影的同伴。沒辦法，這就是敗者的宿命。

到這邊為止，嗯，姑且就接受這樣的結果吧。

即使在這種時候，她還是萌生出惡作劇的想法。

『敵人即是罪惡，罪惡即是剝削、暴力、侵略、不寬容。』

她像是在確認似的，複述剛才響起的理念內容。

『而敵人就該剷除。這樣啊，我懂了。我並不討厭簡單明瞭的東西，再說現在抵抗也沒有意義了。我就贊同這個理念吧！』

潘麗寶自顧自地宣告道。

她感覺自己的輪廓開始黏稠地融化開來。

原來如此，這還真是簡單明瞭。所以只要像這樣表明自己接受那個聲音，就會加快一體化的速度嗎？

『──那麼，在我成為你們一分子的可喜可賀時刻，我有一個提議！』

卡黛娜微微地晃動著。

看來這個振動正在將潘麗寶的意志傳遞到四周。

『其實，我知道現在有一個正在進行剝削、暴力和侵略的排他性集團。哎呀，真的是不得了的罪惡。我覺得應該馬上將其剷除，諸位意下如何？』

來吧，這就是她能做到的最後抵抗了。她（自認）深吸一口氣之後──

『我等在此提議，殲滅〈第十一獸〉！』

──瞬間。

近乎尖叫的狂騷充滿了這個世界。

不用說，本來以簡化到極限的思想統一起來的意見輕易地發生了齟齬。本來合為一體的精神產生多個立場。

有的立場主張著，潘麗寶剛才控訴的剝削、暴力、侵略和排他是例外，那是良善的存在，並非應該剷除的對象。

其他立場則主張著，真理一直很單純，單純的東西不存在例外。

（哎呀呀。）

她本來只是想惡作劇一下，還以為不會被當一回事。但是，沒想到他們居然連這點程度的疑問都不曾有過。心靈被統一到連這種程度的事情都想不到的地步。

這些靈魂選擇了……被迫選擇了無比強大、無比純粹，並且無比愚昧的這條路。

世界本來就很複雜。過度簡化只不過是在偷工減料罷了。

經由偷工減料而聯合起來的集團只能存在於幻想之中。一旦看見了些微的現實，他們就會在轉瞬間崩潰。

正因為齊心團結才堅定不移的存在，若是不再齊心團結，便會分崩離析。

（嗯。雖然說在較量中輸了，但也可以說是贏了吧。）

不過，輸掉心靈強度的比拚，然後在沒有輸贏意識的舌戰中獲勝。這種戰功值得誇耀嗎？潘麗寶偏起腦袋。

無人理睬她，周圍的世界逕自開始出現裂痕。

小小的精神監獄，〈獸〉的世界結界——潘麗寶並不知道這個詞彙就是了——開始邁向毀滅。

嬰兒的哭聲響起。

（嗯？）

這次聽得很清楚。

不斷變大。

不斷靠近。

不斷……不斷**臨近誕生**——！

†

「——嗚。」

她睜開雙眼。

剛才似乎是昏過去了。

能像這樣甦醒，代表她還活著嗎？不過，她感覺自己走了一遭類似死後世界的地方。

「唔……嗚——」

這裡是……沒錯，是那座戲聖堂。

地面沒有規律地晃動著。看來這個地下空間的天花板等各處都開始崩塌了。她眼前本應立著純白水晶像的地方已空無一物。

而她正趴倒在地上。

右臂的侵蝕——似乎暫且停在肩膀的位置。雖然臉頰等部位直接碰觸到了地面，但因為受到勢如沸騰地催發著的魔力所阻擋，並沒有發生侵蝕。

看來最初的較量還沒分出勝負，但如今也沒有分出勝負的意義了。

就在眼前，她的髮梢接觸著地面。也許是魔力的防禦沒有到達那個地方，只見髮梢發出微小的啪嚓聲，被〈獸〉吞噬了。侵蝕的速度慢得驚人，但確實爬上了頭髮。簡直就像是導火線一樣。

（站起來，切斷頭髮，逃出這裡……應該要這麼做吧。）

覆蓋這座三十九號懸浮島的〈第十一獸〉已是死路一條。

不斷重複著同一個信念，加以複製，將接觸到的一切事物全部轉化為自身複製品的存在，在作為根源的信念產生脆弱點之際，就會迎來終結。而導致自身崩壞的那種脆弱點也會重新被複製到全身。由於它已經成長到擁有壓倒性的巨大軀體，所以這段過程大概要花點時間吧。

而且，看來潘麗寶．諾可．卡黛娜也和〈第十一獸〉一樣沒得救了。控制不住的魔力在暴衝，有可能到現在才會開啟妖精鄉之門，也有可能在那之前就被崩塌的天花板壓死；又或者她會先一步被快要死的〈獸〉啃食殆盡，成為最後的犧牲者。劇目真是相當豐富，不過，結局必定都是一樣的。

（在理解無法逃避的終結即將來臨的情況下，什麼都做不到，只能等待那個時候到來嗎？）

宛如生命縮影般的終結。感覺還滿合適的。

她好好地活過，好好地奮戰過。

因此才能好好地在這裡迎來終結。

過去的她是幸福的。在一點一滴地失去幸福碎片之間，一路走了過來。她明白自己不久之後便會失去一切，並接受了這個事實。而現在的她也還沒有完全失去當時的幸福。

她想要笑一笑。

即使身體動不了，至少也要露出笑容，為自己這一生的終結綴上色彩。

儘管如此，眼眶不知為何卻熱了起來。

淚珠沿著測面流下來，濡溼了太陽穴一帶。

（我答應過這場戰役結束後，要帶莉艾兒回六十八號島……）

她模模糊糊地想起這件事。

（……還是沒能遵守約定。對不起，可蓉。對於這件事，妳想怎麼怨恨我都行……）

這是留戀嗎？

難道她是對未來懷有期望的嗎？

不過，縱使如此。

現在一切都結束，早就無法回頭，那種事也無所謂了。

潘麗寶闔上雙眼。

雖不知是以何種形式，但總之應該快來臨了吧。她已做好迎接自身死亡的準備——

「休想得逞——————！」

「啊──?」

隨著一道破壞氣氛的叫喊聲，破壞氣氛的某種東西衝了進來。

嘰嘎嘎嘎，莫名其妙的碰撞聲和摩擦聲沿著地板傳入耳中。潘麗寶原本宛如止水般澄澈的內心，像是被投入石子似的混亂不已。

她被猛地抱了起來。

被〈獸〉侵蝕的髮梢以及軍服被斬碎四散，發出晶亮的光芒在周圍飛舞。

她睜開雙眼。

映入眼簾的，是跟這座清一色黑的戲聖堂不相襯的，充滿生命力的嫩草色。

「──緹亞……忒……?」

她怔怔地叫出對方的名字。

她不敢相信，簡直難以置信。那是理應不會出現在這裡的摯友，本以為再也見不到面的夥伴，早就在心中告別過的家人。

「為什麼……妳會……」

「有問題待會再問！雖然我不太了解情況，但看起來危機還沒有解除吧！我們先逃出去再說！」

緹亞忒大概已經得知魔力可以防止侵蝕，渾身上下都催發出程度低但安定得出奇的魔力。她在這方面的本事無人能出其右。

潘麗寶轉過頭，看到自己先前進來的——而且大概也是緹亞忒剛才衝進來的入口，已經因為天花板崩塌而被堵住了。

「妳真是笨蛋……幹麼要來啊？」

她很高興能見到緹亞忒。

但與此同時，她也感到很懊悔。將死的自己白白多出了一起上路的同伴。

「我沒道理要被妳罵笨蛋喔，也沒道理要被妳問為什麼。」

緹亞忒哼了一聲——抬頭往上看。

原來如此，如果是地上的建築物，或許可以砍破屋頂來逃生。雖然緹亞忒和伊格納雷歐都不適合那種單純的破壞行為，但作為一種方法還是令人覺得有希望。

但這是行不通的。戲聖堂位於地下，這裡的天花板就是地上所看到的地面。若要說有妖精和劍能夠斬裂那種東西，也只有珂朵莉學姊和瑟尼歐里斯這個組合了。

「有話待會再說，我想要拜託妳一件事。」

「不是吧。」潘麗寶只能苦笑。「很遺憾，我已經耗盡力氣了，應該沒辦法回應妳的期待。」

「那也沒關係，只要有想法就夠了。」

「……啊？」

她沒聽懂緹亞忒的意思。

「妳就抱著『怎麼可以死在這種地方啊』的想法，然後拚命想著回家後要泡熱水澡，吃美味的晚餐這樣。」

「唔……唔嗯？」

真是莫名其妙。

講一些古怪的言論來糊弄別人，感覺不太像是緹亞忒的個性。這反而是潘麗寶自己的專利才對。為什麼會在這種情況下倒轉過來呢？

「……雖然不是很懂，但我還是沒辦法回應妳的期待。」

她費力地搖了搖頭。

「我的內心似乎缺少那種東西。像是對未來抱予期待這種事情——」

「我知道。」

緹亞忒打斷了她的話。

「我知道喔。因為那是**我們**要去填補的東西。」

「緹亞忒……？」

「……潘麗寶妳啊，我知道妳不是那種類型的人。比起對明天抱有什麼期待，妳的性格是傾向獨自回想昨天的快樂。可是呢，就算這樣，還是要拜託妳。」

緹亞忒「啊」了一聲，一臉像是想起了什麼的樣子。

「早餐的話，就在瑪芬上塗杏桃果醬吧。嗳，這樣的話，妳不會想活到明天嗎？」

「妳啊。」

潘麗寶終於笑了。

在如此簡單的事上，在如此單純的事上。

讓她感受到了幸福。

「妳真的是……真的是莫名其妙耶！」

「這句話從妳口中說出來，我會有點不爽啦！」

她看到了光芒。

握在緹亞忒手中的是赤灰色的劍。

她到現在才發現，那不是緹亞忒本來的遺跡兵器伊格納雷歐。

「那把劍……難道是那個？」

「嗯，是莫烏爾涅。」

緹亞忒乾脆地答道。

「把心靈連結成一體的劍。由於敵意和惡意也會一併加起來，如果連結了太多人的心靈，在所有人死之前都不會罷休，是一把大有問題的劍。」

這大概是以不同於〈第十一獸〉的方法，試圖挑戰心靈脆弱度的結果。而且，其中恐怕也存在著另一種形式的缺陷吧。

「這把劍是那傢伙託付給我的。」

聽說高位的遺跡兵器，還會在進行契合時要求特別的資格。那把瑟尼歐里斯就是很好的例子，據傳在懸浮大陸群漫長的歷史洪流中，契合者也是寥寥可數。而莫烏爾涅的等級絕對不亞於瑟尼歐里斯。

「所以我發現了可能是這把劍的真正使用方法。既然會把敵意和惡意一併加起，就不要憑那種理由去揮劍就好了。我想……極位古聖劍莫烏爾涅原本一定是這樣的一把劍。」

緹亞忒飛了起來。

那是她自己本來催發不出來，即使靠伊格納雷歐的增幅也抵達不了的強大力量。不同於唯有面對死亡才會產生的力量，那種強度應該來自於截然不同的源頭。

赤灰色的劍身刺進正上方的天花板。

莫烏爾涅的劍身釋放出格外強烈的光芒。

那光輝從靠近劍柄的地方循序漸進地聚集到劍尖，接著彷彿滲透般流入地面內側。

經過短到只夠呼吸一次的寂靜之後。

轟隆。

傳出撼動下腹的重低音。頭上的一整片大地裂成蜘蛛網狀。裂痕溢出赤灰色的光芒，而光芒擠開裂痕，加快崩塌的速度。

緹亞忒用力哼了一聲，像是在說：怎麼樣？

潘麗寶目瞪口呆地注視著那副景象。

道理很簡單。

這把劍用來打倒敵人的話，必須徹底清除所有類似敵人的事物才肯罷休。所以不要拿它來對付敵人，用在其他用途上即可。要是為了傷害某人而使用，它就會持續暴衝到沒有候補對象為止。既然如此，乾脆一開始就不要抱著傷害別人的意思就好。

因為，心靈也能以更加溫和的理由連結在一起。

「…………慢著，那是劍吧？」

她終究還是忍不住吐槽了。

沒錯，莫烏爾涅是劍。劍是凶器，是為了傷人而存在的。最起碼不該是為了明天的杏桃果醬而揮動它。

「潘麗寶妳自己還不是一樣，雖然喜歡揮劍，但也沒有想藉此傷害任何人吧。」

「唔……唔……」

她沒有反駁的餘地。

「而且，如果要以一大群人為對象，我覺得應該很難成功。人心本來就是一盤散沙，這才是正常的呀。所以我能做到的大概只有非常微不足道的事吧。像是在家人拚命努力時稍微把力量借給對方之類的。這次也只能過來迎接很努力的潘麗寶而已。」

緹亞忒難為情似的笑了。

「……我果然不是當英雄的那塊料呢。」

從她的笑容中，的確感覺不到絲毫英雄該有的威嚴和氣勢，然而——

（這也可以說是缺乏自知之明吧——）

如果現在眼前這個女孩不算英雄，恐怕今後這一生當中，潘麗寶・諾可・卡黛娜的面前再也不會出現稱得上英雄的人物。

帶著這種彆扭的真切感，潘麗寶這次終於失去了意識。

既然如此，就算是爭一口氣，明天也要吃塗了滿滿果醬的瑪芬。她沒有把這個誓言說出口，而是懷抱在心中。

7. 後來

後來，三十八號懸浮島擺脫了從前所未有的危機。

包覆著三十九號懸浮島的〈獸〉自然瓦解，實質上已經消失。雖然失去的事物不會回來，但也不會再被奪走什麼了。

相較於這個成果，在萊耶爾市掀起的歡呼聲實在太輕微了。不過這也難怪，早已做好滅亡覺悟的人們應該正一邊困惑著，一邊竭盡全力接受如今才又延命的事實。

至少，這是表面上的結果之一。

†

護翼軍的損失絕對算不上小，但相較於戰鬥規模也不算太大。

在飛空艇「鷹爪豆」受到致命性的損傷之前，從十三號懸浮島過來的第一師團的飛空艇加入支援。那艘飛空艇上，載著英雄緹亞忒・席巴・伊格納雷歐（出於種種因素而沒有改名）。再加上其他各種幸運交織重疊之下，使得災情控制在最小限度。

被調去保護零號機密倉庫的士兵們全都身負重傷。其中一人——波翠克上等兵遭到猛烈且執拗的攻擊，連獸人的強健身軀都被破壞。所幸——這也算是交織重疊的幸運之一吧——保住了一命，目前正在施療院接受加護治療，但尚未恢復意識。

災情最嚴重的可能是港灣區塊。能夠停放大型飛空艇的區域幾乎被破壞殆盡。這對萊耶爾市而言是非常大的打擊。說來有點諷刺，由於三十九號懸浮島的問題（被視為）已經解決，讓三十八號懸浮島從註定滅亡的命運中獲得解放，想必今後的人口和經濟會開始復甦。在這種時候，最重要的港灣區塊要是再癱瘓下去，那就太不像話了。現在市長大概正口沫橫飛地湊齊還聯絡得上的技師。

接下來才是問題所在。

他們莫名其妙地失去了整個零號機密倉庫。

按順序說明情況就是以下這樣。首先，之前還是倉庫的地方，中央立著一尊雕像。那是看似用黑水晶雕琢而成的巨大異形雕像。根據試圖保衛此處的人們的證詞，雕像的模樣酷似當天晚上的襲擊者，如果他直接被石化，大概就會變成這種形貌。

當然，那是因為「艾爾畢斯的小瓶」而被〈獸〉吞噬的代號B——生於十三號懸浮島的中產家庭，父母將他取名為盧修斯．岡達卡，後來故鄉、家庭乃至於自身名字都被奪走的少年——的亡骸。他在臨死前實現自己的願望，將自身化為毀滅的導火線，最後形成那副樣貌。

問題在這後面。

本來的話，以這具代號B的亡骸為起點，〈第十一獸〉永無止境的侵蝕應該會擴及整座三十八號懸浮島。幾乎在三十九號懸浮島獲得解放的同時，三十八號懸浮島就會從內側開始毀滅，照理說會落入這種諷刺的結局，但事實上則不然。

零號機密倉庫如同字面意思地失去蹤影。

連同存放在裡面的東西都消失了。取而代之的是不知從哪搬來的大量灰色沙子堆積在現場。

〈第十一獸〉的侵蝕似乎對這些灰色沙子起不了作用。因此，在周圍只有沙子能碰觸的情況下，它只能當一尊趣味低級的雕像。

那尊異形的雕像，臉上表現出無比的歡喜，雙手則呈現出無盡的祈禱。

這也許是屬於他的幸福結局吧。

此外，還有一件事。

那間自從費奧多爾・傑斯曼逃獄之後就一直閒置的單人牢房，最近入住了一名客人。

†

「……零號倉庫的那些沙子，也是妳的主意嗎？」

艾瑟雅懷著幾欲射殺的怒火，瞪著眼前的人物。

「我就說了嘛，我真的什麼也不知道呀。」

那個人物——歐黛・岡達卡將手貼在臉上，裝糊塗似的答道。

「有件事妳可以相信喔，對我們來說，謊言是做生意的工具。我才不會撒毫無意義的謊呢。」

「能決定有沒有意義的人可不是妳啊。」

「真是的，我好不受信任呀……難道是平常行為導致的嗎？」

在場所有人都深深點頭，認為她說得完全沒錯。

單人牢房是狹小且無趣的空間。

牆壁、地板和天花板都被裸露出來的銅板覆蓋住。房內一扇窗戶也沒有。只有埋在牆裡的雷氣燈可以照明，稱得上家具的只有一張又薄又髒的墊子。

即使被丟進這種令人鬱悶的空間將近一整天，歐黛．岡達卡臉上也未增憔悴之色。比起昨天筋疲力盡的模樣，她看起來反而還恢復了幾分精神。

「妳這人真會惹麻煩。這幾年來，凡是有妳出現的地方，無一例外都引發了混亂和騷動。最棘手的是，妳的立場與做的事情完全沒有一致性。猜不透妳究竟是為了何種目的而做出何種行動，這一點又大為提昇妳的麻煩程度。」

「是呀，我就知道妳會這麼說。」

「那我就趁現在直接問了，妳到底想做什麼？」

「這個嘛，我這次是有事想要拜託妳，艾瑟雅．麥傑．瓦爾卡里斯。」

嘎咿，艾瑟雅發出了咬牙聲。

「這個名字……是妳奪走奈芙蓮的記憶後，從中得知的嗎？」

「嗯？妳是聽菈恩說的吧？是的，大致上沒錯。奈芙蓮的確就在這裡喔，不過只有一小塊碎片而已。」

她按住自己一隻眼睛。

「碎片……？」

「頂多就占了那孩子整體精神的一成再多一點吧。片段的記憶，片段的情感，片段的決心……儘管如此，還是有一點沉重呢。」

她做出可愛的動作，還露出微笑。但不適合她。

「所以，我都知道喔。二號懸浮島之所以陷入沉默的原因，理應不死的大賢者和地神們之所以甘願就此入眠的原因，懸浮大陸群正面臨著什麼樣的滅亡，還有……」

她的視線逐一掃過艾瑟雅以及站在她背後的護衛兵。

「**該照著哪些步驟做準備，才能避免這場滅亡**。」

「…………………什麼？」

艾瑟雅驚愕地睜大眼睛。

「妳……這是……」

「你們相信兩年後一切都會結束對吧?是的，那是事實喔。你們想像得到的正當做法，已經無法阻止滅亡了。所以就讓我來吧。別看我這樣，我可是很擅長做骯髒勾當的喔。」

她擺出小小的勝利姿勢。但不適合她。

再說，「別看我這樣」到底是哪樣?

「我一個人應該就夠了。」

她略顯落寞地如此低語，但同樣令人捉摸不清真意。

「所以呢，進入正題吧。你們打倒了那頭肥大化的〈第十一獸〉，而且還不是依賴『蕁麻』或『英格斯．馬列奧』的蠻力，而是直接粉碎其執念，藉此殲滅掉了……沒錯吧?」

艾瑟雅瞇起眼睛，勉強壓抑住內心動搖，謹慎地選擇回答的措辭。

「沒錯。」

「其實，那才是引發最終決戰的導火線喔～!……我這麼說妳相信嗎?」

「我會潑妳冰水然後扭頭就走。」

「這樣呀。」歐黛聳聳肩，笑了。「也就是說，話語本身妳並不懷疑吧？」

「…………」

「應該稍微聯想得到吧。就算動用遺跡兵器的力量也難以殺死的生命。無論怎麼砍殺都沒完沒了的群體生命。殺了又殺，累計的死亡數為二百一十六。那個以具備強大力量的生命為祭品，打算降生於世的某種存在。」

「咦？」

艾瑟雅的表情凝結，正如同被潑了冰水一般。

「妳應該還記得吧。最強的妖精兵珂朵莉・諾塔・瑟尼歐里斯本應殞命的那個戰場。從藉由反覆分裂來逃離死亡的怪物──巨大的〈第六獸〉體中，試圖隨著第二百一十七條生命一起誕生下來的──」

「啊──」

齒輪。

至今為止在腦中不停空轉的焦躁感來源。

在此刻不偏不倚地咬合了。

「那是……那個時候打算出來的是……」

「是未知的〈獸〉，對吧？這也是當然的，那種〈獸〉以往不曾存在於這個世界，而且今後也不該存在。」

歐黛——

這個獨自懷抱著末日預言的詳情而活到現在的女子，在有點髒的單人牢房角落，講出了被視為祕密的消息。

「雖然發展比我想像的還要快上很多，但事已至此，也沒辦法了。你們必須找到殲滅那頭獸的方法。就像那天誕生在十五號懸浮島一樣，之後大概會降生於三十九號懸浮島上的是——」

女子語速緩慢，彷彿咬緊牙關一般。

從她口中道出了那個名字。

「——〈終將來臨的最後之獸(Heritage)〉。」

8．空虛的女孩之夢

回過神時，那個**幼童**已經站在昏暗的沙原上。

幼童眼前躺著一具恐怕是一名少女的悽慘亡骸。死因不明——全身上下都是足以致命的傷口。曾被擊碎，曾被砍飛，曾被貫穿，曾被磨削。各處流出的血液，將全身染上暗濁的紅色。

幼童只是呆呆地俯視那具亡骸。臉上表情既非恐懼也非嫌惡，僅僅是持續地注視著那個地方——然而……

——唔。

幼童彎下身，伸出手。

抓住這具慘不忍睹的亡骸的手指頭。

一個拉扯。

亡骸本身文風不動。相對的，彷彿剝掉破舊衣服一般，拉出了半透明的某種東西。

外型看起來是一絲不掛的藍髮少女。

——唔？

啪啪，**幼童**用手輕輕拍了拍**那東西**的臉頰。

毫無反應。

雖然有著少女的樣貌，但**那東西**的狀態有如人偶一般。半闔的眼皮下是沒有寄宿任何光采的眼瞳。微張的嘴唇沒有發出任何聲音。沒有正在呼吸的跡象，或者說，甚至連心跳都沒有。

「唔～」

幼童捏住**那東西**的臉頰，拉扯起來。皮膚柔軟地伸長，但還是沒有反應。

呼咻呼——

強風吹過灰色沙原，細沙如小石子般在四周飛舞。**幼童**閉上眼睛，等到風停之後才再次睜眼。

半透明的**那東西**依然在那裡。

那是早已喪亡的事物。經歷刮削、打碎、磨損，進一步被自身的決心所灼燒，最後歸於虛無的事物。

歸於虛無的事物，不會再回來。

既不會睜開眼睛，也不會說話。

即便如此還是冀望著那種奇蹟的話，首先，犧牲是必要的。需要交出一個靈魂與肉體作為容器。但縱使這麼做，也未必就會發生奇蹟。這份犧牲有非常高的概率會以徒勞無功作結，什麼事都不會發生。

那種事情以及其中的道理，**幼童**並不知道。

「嗯嘎！」

幼童仍不死心，拉著**那東西**的臉頰。

試圖引出某種反應。

†

話說，妖精房間內出現了一個問題。

是關於潘麗寶的右臂。

她的右臂在先前的攻防之中，被黑色水晶同化了。當然，即使到了戰鬥結束後的現在，手臂也沒有順遂地恢復原狀。

「……妳沒事嗎？真的？」

緹亞忒從稍遠處問道。

她理所當然是在警戒。不過，事到如今有這個必要嗎？

「嗯，我自己也有一種奇妙的感覺。」

敲一敲會發出叩叩聲。質地確實很硬，摸起來像是礦物。儘管如此，它卻能按照潘麗寶的意思來行動，連觸覺都互通。

「血液沒有經過吧……不知道骨骼和神經變成怎樣了。」

緹亞忒戰戰兢兢地走近，用指尖戳了戳潘麗寶的手掌。不用說，並沒有發生〈第十一獸〉那種侵蝕。只是讓潘麗寶因為微微的搔癢而皺起眉頭罷了。

「艾瑟雅學姊怎麼說？」

「她要我定期觀察，就這樣維持現狀。今後再發生〈第十一獸〉的相關麻煩時，可能會成為一張王牌呢。」

「哇。」

緹亞忒皺了皺眉。

最壞的情況，或者正常來說，應該將這條手臂連根切除才對。相比之下，這毋庸置疑是一個好消息，但與此同時，這個狀態也令人相當倒胃口。畢竟這就像是與〈獸〉共生了，萬一傳出去讓公眾知道，不知道會被擺出什麼表情。

「不知該怎麼說，黃金妖精果然是很扯的驚人生物呢……」

「哎呀，我這次也有同感。再扯也要有個限度啊我這傢伙。」

「這是毅力的勝利，嗯！」

「唔嗯，事實上這次還真沒辦法否定這一點啊。」

潘麗寶要感到傻眼也不是，一臉傷腦筋地戴上了手套。

那是用結實的布料做成的特別訂製品，一直覆蓋到肩膀上。雖然能夠運用自如，但日常生活中也不能大剌剌地露出這條質地與〈獸〉相同的手臂。

「潘麗寶，妳明明陷入這種狀況，怎麼還能這麼冷靜啊？」

「唔……這個嘛，雖然只是一種感覺，但我好像懂這傢伙在想什麼。」

不過，終究只是一種感覺罷了。

說到底，如果〈第十一獸〉是透過信賴來進行同化的〈獸〉，她覺得現在這樣也未嘗不可。簡單來說，構成這條手臂的小號〈第十一獸〉相信潘麗寶・諾可・卡黛娜的個人主張，而不是身為其根源的黑水晶。

它選擇作為相信的事物的一部分，今後也繼續存在下去。

「因為潘麗寶很強啊。」

可蓉用力點了點頭，緹亞忒則「咦～」地皺起眉。

潘麗寶忽然覺得房內安靜得出奇……

「莉艾兒？」

她想起了應該待在同一房間內的年幼妖精。

之所以會覺得莫名安靜，似乎是因為莉艾兒玩積木玩到一半輸給了睡魔。她躺倒在地上，正發出呼呼的睡覺聲。即使大人在旁邊如此吵鬧，她也沒有醒來的跡象。

「……有沒有覺得她常常在睡覺？」

潘麗寶感覺莉艾兒最近的睡眠時間變長了。但與此同時，胡鬧撒野的精力也增加了，她便沒有放在心上。畢竟她還小，會這樣也是很正常的。對於這個判斷，她不認為有哪裡不恰當。

但是，還是會不禁產生聯想。

現在妖精倉庫那邊，阿爾蜜塔她們正面臨的——並且正在解決的問題。沒有接受調整的妖精，宿命就是在邁向消亡的過程中，一天有大半時間都在睡覺。她不由得想起了這件事。

「不。」

「不是吧。」

「我覺得不是。」

三人一致否定了這個想像。

歸根究柢，那是到了應該進行成體化的年齡，但並未接受相關處置的妖精，也就是年紀到達一定程度才會發生的特有現象。對於剛出生的莉艾兒而言，如同字面意義還早了十年。

在場所有人都覺得應該是如此。

「看她睡得這麼沉，還一臉幸福的模樣，真是的。」

緹亞忒抱起莉艾兒，輕輕搬到床上。

「也不知道是在作什麼夢呢。」

「大概是夢到了某個很懷念的人吧？」

「可能喔。」

緹亞忒一邊溫柔地為她蓋上毛毯，一邊傷腦筋似的笑了笑。

「——啊，對了。」

潘麗寶戴在手套裡的右手一邊開合著，一邊像是想起什麼似的揚聲說道。

「緹亞忒，妳去看過零號倉庫現在的情況了嗎？」

「沒有。雖說崩毀了，但畢竟還是最高機密，他們不讓我接近。」

「連名震天下的英雄大人也沒辦法啊。」

「就說我不是英雄了啦。」

名震天下的英雄大人一邊捏著莉艾兒的臉頰，一邊難為情起來。

「我也只是聽說的，據說那裡的一切都被灰色沙子淹沒了。妳有沒有什麼頭緒？」

緹亞忒的手指動作登時停住。

莉艾兒的口中漏出了「唔咿」的聲音。

「……有是有，但不可能喔。」

緹亞忒用開玩笑似的開朗聲音答道。

「潘麗寶也知道吧。」

「唔，也是。抱歉，問了個怪問題。」

「嗯，真的是一個怪問題呢。」

「哈哈。雖然稱不上賠禮，不過今天的瑪芬就我請吧。」

「妳還想吃啊？」

緹亞忒用絕望的表情發出哀號，潘麗寶則哇哈哈地笑了起來。

就像以往一樣。

……但願今後也能這樣下去。

「真的是……問了個怪問題。」

潘麗寶垂著頭，壓低聲音，獨自喃喃說著。

她想起前幾天外出時，看到一個黑色人影一掠而過的事。

很像某個人。但是，不可能是那樣。她當時解釋為那是想念的心情所導致的錯覺。而且，她現在也不認為這個解釋是錯的。
他已經不在這世上了。
誰也無法見到已經不存在的人。

「煙雨朦朧之夜」
-masked deadman-

雨。

豪雨掩蓋了色彩。

兩名男子走在一切事物盡染灰色的城市中。

「你想做的事情已經做完了嗎？」

穿著土黃色大衣的狐徵族朝身旁的男子問道。他稍微提高嗓門，以免被雨傘彈開雨滴的聲響蓋過去。

全身黑色的無徵種似乎有些猶豫地隔了一段時間，才輕輕點頭。

「那真是太好了。如果這樣就能守護這座島，我放棄大獨家也算值得了。我是沒有什麼留戀或牽掛啦，但故鄉畢竟是故鄉嘛。」

啪唰啪唰，水窪響起一人的腳步聲。

「雖然我只看見了一點，不過你真的強得不像話耶。要說不好奇你的真面目那是騙人的……但你也不會透露給我知道吧。」

黑色男子沒有回應，只是靜靜地停下了腳步。

「哦？」

落後三步的狐徵族也停下腳步，探頭看男子的臉龐，然後——跟隨他的視線，將頭轉向道路的前方。

在煙雨的另一端，可以看到一個嬌小的人影。

那是一名沒有撐開手中的傘，將身體暴露在豪雨中的無徵種少女。她踏著緩慢的步伐接近兩人。

不對。

距離縮短後，狐徵族才發現，那看起來像是傘的東西其實是兩把木劍。少女將其中一把扔到男人們的腳下。

「妖精小姑娘……？」

「叫貝爾托什麼的，我建議你後退一點。」

少女用不含感情的低沉嗓音如此說道——

緊接著，她蹬地而起。

這是絲毫感受不到鞋底溼滑不穩的猛力一踏。雨珠如爆炸般飛濺四散。少女的劍拉出霧靄的尾巴，朝黑色男子迫近。貝爾托特的眼睛追不上她的劍，無法得知她的目標。

跳起的雙腳尚未落地，少女便扭動腰部。她的全身如同陀螺般旋轉起來。藉著這股勁，她的劍尖、右腳後跟和左肘分別瞄準男子的要害。雖然每一擊都具有必殺的價值，但內行人一看，便會發現這些攻勢都只是佯攻而已。若是打算以這波攻擊來分出勝負，她右腳後跟的角度太大，左肘的打擊點則太低。她的真正目的，是要以這三擊作為誘餌接近對手之後，再利用肩膀近身發勁。對手要是實力平平，起手三擊的任一擊都可以將其擊敗。而一般高手即使反應得過來，也沒辦法應對到底，這一招就是這塊領域的絕技。

只見男子——以可以說是隨意的動作揮出了劍。

他以劍尖輕觸少女的劍尖，僅此而已。施加在劍上的些微力量徹底破壞了少女精妙絕技以及在其中流動的力量平衡。本應揮向左側的劍偏往下方，本應攻破下盤的腳後跟偏向右側，而肘擊也同樣被彈向上方。

少女已經無法攻擊，只能在與自身意志無關的情況下旋轉，然後摔向地面——在此等情勢中，少女展現出了韌性。她強行伸出鞋底往銅板地面一蹬，擺脫所有混亂至極的力量流動，硬是重振態勢。以結果而言，兩人距離縮得太短，不適合揮劍，但少女並未抽身，而是全身都要猛撲過去似的，進一步拉近距離。

貝爾托特看得目瞪口呆。剛才那一回合發生了什麼，下一回合又將發生什麼，別說是理解，他連用眼睛確認都跟不上。浮現在他腦中的只有一件事，那就是「這個男的是何時把丟在腳邊的劍撿起來的呢？」如此而已。他完全想像不到男子是在剛才那一瞬間，腳尖一彈就將劍拿在了手裡。

無論如何，奇妙的劍刃交鋒就此開始。少女劍速飛快，而且精準。她的劍術立足於常規，也能隨意打破常規。豐富多樣的劍路和無數的選項，以及支撐著這些的超脫常識的速度。照理說，愈是懂劍的人，就愈容易遭到相關知識阻撓。她的劍術在不易看穿、難以應對這方面特別下過工夫。

相對之下，男子的劍速則相當緩慢，看起來也有許多無用的動作。

但是，他那緩慢的劍卻完全凌駕於少女的劍之上。

不對，不只是凌駕其上而已。每彈開一擊，少女的架勢便一點一滴逐漸瓦解。些微的姿勢失衡隨著時間不斷累積起來。若能稍稍拉開距離，她就可以立刻重整架勢，但在兩人的對招之間，絲毫沒有空檔讓她做這樣的事。

很快地，必然的結果到來了。

隨著「鏗」的一聲，原本在少女手中的劍被打上了高空。只見它在空中激烈地旋轉，大肆斬碎了傾注而下的雨水，不久便掉在地上，往錯誤的方向滾動而去。

「唔耶。」貝爾托特脫口發出這種既像感嘆又像驚嘆的聲音。他能夠理解的只有兩件事，一是發生了一場高手之間的頂尖對決，二是黑色男子毫不費力地取得了勝利。

男子放下劍，沉默地佇立著。他的呼吸沒有一絲紊亂——不，說到底，從一開始就感覺不到他的呼吸。他用毫無感情的眼眸筆直地注視著少女。

少女沒有回應他的視線。她彷彿在剛才的過招中耗盡力氣一般，就這樣坐在地上低垂著頭。

「——這是……怎麼回事？我完全無法理解。」

她那平緩的嗓音既像嗚咽，也像吶喊。

可以感受到其中蘊含著困惑、焦躁，不知為何還有些微期待。

「這種強度，這種完成度，這種修練過古代術理體系，在實戰中自行重新改良過的既純熟又狡詐的劍法，和我記憶中的完全一樣。但是，這就奇怪了，你不應該出現在這裡才對。我說的沒錯吧？威廉．克梅修二等咒器技官。」

男子——依然不見一絲動搖，對少女的話語充耳不聞。

貝爾托特再次端詳他的側臉。那是除了無徵種以外沒有其他特徵的臉孔，然後是被雨淋溼的豪無光澤的黑髮，以及略顯空洞的黑眸。

既然被稱為二等咒器技官，代表他不僅是遭到護翼軍追捕的對象，同時也隸屬於護翼軍嗎？貝爾托特不禁思考起這種有點蠢的問題。

「而且……」

少女維持低垂著頭的姿勢，站了起來。

「那種劍路的選擇方式，即使想欺瞞我也看得一清二楚。起手是正統派的劍技，在隱藏自身意圖的情況下揣摩對手的心思。但是，三個回合後就會轉為原本的動作。企圖在各種虛招之間，使出真正的劍招——」

情感在少女心中膨脹起來。

少女——潘麗寶．諾可．卡黛娜上等相當兵抬起頭。

「沒錯，劍更勝於語言。比起一百句話語，劍更能深刻地傳達彼此的事物。但是……正因如此，我才實在是無法理解。為什麼威廉會在這裡？而且……為什麼**連你也**在那種地方……」

她的聲音在顫抖。

簡直像在強忍眼淚一般。

少女說到這裡稍作停頓，接著，她費力地喊出另一個名字。

「……回答我啊！費奧多爾．傑斯曼！」

男子的表情仍未有變化，也沒有任何回應。

他就這樣沉默著，正面承受少女的視線。

後記／推測為後記的某種事物

過去早已消失。無法期望未來。就算是平穩流動的現在這段時光，也已經註定總有一天會消逝無蹤。少女獨自一人走在和摯友不同的戰場上。嘴角確實浮現著微笑。

讓大家久等了！大致上就是以這樣的感覺，為各位獻上《末日時在做什麼？能不能再見一面？》第七集的故事。

本系列的概念，是「為本應結束的故事畫蛇添足」。匯聚於本次故事中的，是本應結束的故事目前為止累積起來的無數殘渣。而挺身對抗的，則是在至今為止的故事中餘留下來的少女。

為了還沒閱讀正文就直接跳到後記的讀者，我要像以往一樣毫不留情地爆一個雷。潘麗寶會輸給〈第十一獸〉。就是這樣，當然不是在騙人。

話說，寫故事時，取材是很重要的一件事。

作家的工作，是與讀者共享一個只有自己才知道的世界。而這一點非常不容易。若要追求一定程度以上的結果，無論如何都必須動用到我們所有人實際共享的，對現實世界的理解……偶爾也會有作家不用顧慮這一點就能將故事帶給大家，但那是特例。

然後，由於我寫得還滿明顯的，應該不少人都有注意到，本系列登場的科里拿第爾契市的原型之一就是羅馬。在描繪「古都」所具備的魅力和獨特氛圍時，有許多部分都參考了現實中的古都魅力。但遺憾的是，我之前從未去過羅馬，只能透過資料了解它。

不過，其實我現在人就在羅馬。在肌膚接觸著古都空氣，雙眼可以看到古都風景的地方寫這篇後記。

我不能錯過這個機會。我見識了形形色色的事物，體驗了形形色色的事物。比如說，在喊著「好熱啊～冰淇淋（義式冰淇淋）好好吃喔～」的那天，下起了足以上新聞的冰雹，害我發出了哀號；我看到街上貼滿海報，說是要舉辦放映會，網羅了以羅馬為舞臺的電影；我也有把手伸進真理之口，宣告「我沒有說謊」；再來就是吃美味的義大利麵，吃美味的披薩，吃美味的義式冰淇淋等等。

然後我才體會到，古都超棒的。

然後我有考慮過，把自己懷抱的這份感情也應用在妖精的旅遊樂趣中。真想看看緹亞式望著電影放映會海報的表情。

然後我終於發現，以科里拿第爾契市為主要舞臺的故事，在上一集已經結束了。

——咦？

那麼，下次是第八集……在這之前，也許會穿插不同的故事。但也有可能只是個幌子，還是直接推出第八集。因為還有很多事情尚未確定，所以包含這方面的詳細資訊在內，希望各位可以耐心等候。

那麼，但願我們能再次在這片陰鬱的天空之下相見。

二〇一八年　秋

枯野　瑛

國家圖書館出版品預行編目資料

末日時在做什麼？能不能再見一面？／枯野瑛作；
Linca譯．-- 初版．-- 臺北市：臺灣角川，2019.04-
冊；　公分

譯自：終末なにしてますか？もう一度だけ、会えますか？
ISBN 978-957-564-850-3(第6冊：平裝). --
ISBN 978-957-743-350-3(第7冊：平裝)

861.57　　108001918

Kadokawa Fantastic Novels

末日時在做什麼？能不能再見一面？ 7

（原著名：終末なにしてますか？もう一度だけ、会えますか？#07）

2019年11月20日 初版第1刷發行
2023年4月18日 初版第4刷發行

作　者：枯野瑛
插　畫：ue
譯　者：Linca

發行人：岩崎剛人
總編輯：蔡佩芬
編　輯：彭曉凡
美術設計：李思穎
印　務：李明修（主任）、張加恩（主任）、張凱棋

發行所：台灣角川股份有限公司
地　址：104台北市中山區松江路223號3樓
電　話：（02）2515-3000
傳　真：（02）2515-0033
網　址：www.kadokawa.com.tw
劃撥帳戶：台灣角川股份有限公司
劃撥帳號：19487412
法律顧問：有澤法律事務所
製　版：巨茂科技印刷有限公司
ＩＳＢＮ：978-957-743-350-3